文通天下

突 破 认 知 的 边 界

鉴赏家

汪曾祺 —— 著

读者出版社

目　录

十多年过去了。季匋民死了。

叶三已经不卖果子，但是他四季八节，还四处寻觅鲜果，到季匋民坟上供一供。

鉴 赏 家

全县第一个大画家是季匋民，第一个鉴赏家是叶三。

叶三是个卖果子的。他这个卖果子的和别的卖果子的不一样。不是开铺子的，不是摆摊的，也不是挑着担子走街串巷的。他专给大宅门送果子。也就是给二三十家送。这些人家他走得很熟，看门的和狗都认识他。到了一定的日子，他就来了。里面听到他敲门的声音，就知道：是叶三。挎着一个金丝篾篮，篮子上插一把小秤，他走进堂屋，扬声称呼主人。主人有时走出来跟他见见面，有时就隔着房门说话。"给您称——？"——"五斤。"什么果子，是看也不用看的，因为到了什么节令送什么果子都是一定的。叶三卖果子从不说价,买果子的人家也总不会亏待他。有的人家当时就给钱,大多数是到节下(端节、中秋、新年)再说。叶三把果子称好,放在八仙桌上,道一声"得罪",就走了。他的果子不用挑,个个都是好的。他的果子的好处,第一是得四时之先。市上还没有见这种果子,他的篮子里已经有了。第二是都很大,都均匀,很香,很甜,很好看。他的果子全都从他手里过过,有疤的、有虫眼的,挤筐、破皮、变色、过小的全都剔下来,贱价卖给别的果贩。他的果子都是原装,有些是直接到产地采办来的,都是"树熟"——不是在米糠里闷熟了的。他经常出外,出去买果子比他卖果子的时间要多得多。他也很喜欢到处跑。四乡八镇,哪个园子里,什么人家,有一棵什么出名的好果树,他都知道,而且和园主打了多年交道,熟得像是亲家一样了。——别的卖果子的下不了这样的功夫,也不知道这些路道。到处走,能看很多好景致,知道各地乡风,可资谈助,对身体也好。他很少得病,就是因为路走得多。

立春前后,卖青萝卜。"棒打萝卜",摔在地下就裂开了。杏子、桃子下来时卖鸡蛋大的香白杏;白得像一团雪,只嘴儿以下有一根红线的"一线红"蜜桃。再下来是樱桃，红的像珊瑚，白的像玛瑙。端午前后，是枇杷。夏天卖瓜。七八月卖河鲜：鲜菱、鸡头、莲蓬、花下藕。卖马牙枣，卖葡萄。重阳近了，卖梨：河间府的鸭梨、莱阳的半斤酥，还有一种叫作"黄金坠子"的香气扑人个儿不大的甜梨。菊花开过了，卖金橘，卖蒂部起脐子的福州蜜橘。入冬以后，卖栗子、卖山药（粗如小儿臂）、卖百合（大如拳）、卖碧绿生鲜的檀香橄榄。

他还卖佛手、香橼。人家买去，配架装盘，书斋清供，闻香观赏。

不少深居简出的人，是看到叶三送来的果子，才想起现在是什么节令了的。

叶三卖了三十多年果子，他的两个儿子都成人了。他们都是学布店的，都出了师了。老二是三柜，老大已经升为二柜了。谁都认为老大将来是会升为头柜，并且会当管事的。他天生是一块好材料。他是店里头一把算盘，年终结总时总得由他坐在账房里毕毕剥剥打好几天。接待厂家的客人，研究进货（进货是个大学问，是一年的大计，下年多进哪路货，少进哪路货，哪些必须常备，哪些可以试销，关系全年的盈亏），都少不了他。老二也很能干。量尺、撕布（撕布不用剪子开口，两手的两个指头夹着，借一点巧劲，嗤——的一声，布就撕到头了），干净利落。店伙的动作快慢，也是一个布店的招牌。顾客总愿意从手脚麻利的店伙手里买布。这是天分，也靠练习。有人就一辈子都是迟钝笨拙，改不过来。不管干哪一行，都是人比人，这是没有办法的事。弟兄俩都长得很神气，眉清目秀，不高不矮。布店的店伙穿得都很好。什么料子时新，他们就穿什么料子。他们的衣料当然是价廉物美的。他们买衣料是按进货价算的，不加利润；若是零头，还有折扣。这是布店的规矩，也是老板乐为之的。因为店伙穿得时髦，也是给店里装门面的事。有的顾客来买布，常常指着店伙的长衫或翻在外面的短衫的袖子："照你这样的，给我来一件。"

弟兄俩都已经成了家，老大已经有一个孩子，——叶三抱孙子了。

这年是叶三五十岁整生日，一家子商量怎么给老爷子做寿。老大老二都提出爹不要走宅门卖果子了，他们养得起他。

叶三有点生气了：

"嫌我给你们丢人？两位大布店的'先生'，有一个卖果子的老爹，不好看？"

儿子连忙解释：

"不是的。你老人家岁数大了，老在外面跑，风里雨里，水路旱路，做儿子的心里不安。"

"我跑惯了。我给这些人家送惯了果子。就为了季四太爷一个人，我也得卖果子。"

季四太爷即季匋民。他大排行是老四，城里人都称之为四太爷。

"你们也不用给我做什么寿。你们要是有孝心，把四太爷送我的画拿出去裱了，再给我打一口寿材。"这里有这样一种风俗，早早就把寿材准备下了，为的讨个吉利：添福添寿。于是就都依了他。

叶三还是卖果子。

他真是为了季匋民一个人卖果子的。他给别人家送果子是为了挣钱，他给季匋民送果子是因为爱他的画。

季匋民有一个脾气，一边画画，一边喝酒。喝酒不就菜，就水果。画两笔，凑着壶嘴喝一大口酒，左手拈一片水果，右手执笔接着画。画一张画要喝二斤花雕，吃斤半水果。

叶三搜罗到最好的水果，总是首先给季匋民送去。

季匋民每天一起来就走进他的小书房——画室。叶三不须通报，由一个小六角门进去，走过一条碎石铺成的冰花曲径，隔窗看见季匋民，就提着、捧着他的鲜果走进去。

"四太爷，枇杷，白沙的！"

"四太爷，东墩的西瓜，三白！——这种三白瓜有点梨花香味，别处没有！"

他给季匋民送果子，一来就是半天。他给季匋民磨墨、漂朱膘、研石青石绿，抻纸。季匋民画的时候，他站在旁边很入神地看，专心致意，连大气都不出。有时看到精彩处，就情不自禁地深深吸一口气，甚至小声地惊呼起来。凡是叶三吸气、惊呼的地方，也正是季匋民的得意之笔。季匋民从不当众作画，他画画有时是把书房门锁起来的。对叶三可例外，他很愿意有这样一个人在旁边看着，他认为叶三真懂，叶三的赞赏是出于肺腑，不是假充内行，也不是谀媚。

季匋民最讨厌听人谈画。他很少到亲戚家应酬。实在不得不去的，他也是到一到，喝半盏茶就道别。因为席间必有一些假名士高谈阔论。因为季匋民是大画家，这些名士就特别爱在他面前评书论画，借以卖弄自己高雅博学。这种议论全都是道听途说，似通不通。季匋民听了，实在难受。他还知道，他如果随声答音，应付几句，某一名士就会在别的应酬场所重贩他的高论，且说："兄弟此言，季匋民亦深为首肯。"

但是他对叶三另眼相看。

季匋民最佩服李复堂①。他认为"扬州八怪"里李复堂功力最深，大幅小品都好，有笔有墨，也奔放，也严谨，也浑厚，也秀润，而且不装模作样，没有江湖气。有一天叶三给他送来四开李复堂的册页，使季匋民大吃一惊：这四开册页是真的！季匋民问他是多少钱买的，叶三说没花钱。他到三垛贩果子，看见一家的橱柜的玻璃里镶了四幅画，——他在四太爷这里看过不少李复堂的画，能辨认，他用四张"苏州片"②跟那家换了。"苏州片"花花绿绿的，又是簇新的，那家还很高兴。

叶三只是从心里喜欢画，他从不瞎评论。季匋民画完了画，钉在壁上，自己负手远看，有时会问叶三：

---

① 李复堂，名鱓，字宗扬，复堂是他的号，又号懊道人。他是康熙年间的举人，当过滕县知县，因为得罪上级，功名和官都被革掉了，终年只做画师。他作画有时得向郑板桥去借纸，大概是相当穷困的。他本画工笔，是宫廷画家蒋廷锡的高足。后到扬州，改画写意，师法高其佩，受徐青藤、八大、石涛的影响，风度大变，自成一家。

② 仿旧的画，多为工笔花鸟，设色娇艳，旧时多为苏州画工所作，行销各地，故称"苏州片"。苏州片也有仿制得很好的，并不俗气。

"好不好？"

"好！"

"好在哪里？"

叶三大都能一句话说出好在何处。

季匋民画了一幅紫藤，问叶三。

叶三说："紫藤里有风。"

"唔！你怎么知道？"

"花是乱的。"

"对极了！"

季匋民提笔题了两句词：

　　"深院悄无人，风拂紫藤花乱。"

　　季匋民画了一张小品，老鼠上灯台。叶三说："这是一只小老鼠。"

"何以见得？"

"老鼠把尾巴卷在灯台柱上。它很顽皮。"

"对！"

季匋民最爱画荷花。他画的都是墨荷。他佩服李复堂，但是画风和复堂不似。李画多凝重，季匋民飘逸。李画多用中锋，季匋民微用侧笔，——他写字写的是章草。李复堂有时水墨淋漓，粗头乱眼，意在笔先；季匋民没有那样的恣悍，他的画是大写意，但总是笔意俱到，收拾得很干净，而且笔致疏朗，善于利用空白。他的墨荷参用了张大千，但更为舒展。他画的荷叶不勾筋，荷梗不点刺，且喜作长幅，荷梗甚长，一笔到底。

有一天，叶三送了一大把莲蓬来，季匋民一高兴，画了一幅墨荷，好些莲蓬。画完了，问叶三："如何？"

叶三说："四太爷，你这画不对。"

"不对？"

"'红花莲子白花藕'。你画的是白荷花，莲蓬却这样大，莲子饱，墨色也深，这是红荷花的莲子。"

"是吗？我头一回听见！"

季匋民于是展开一张八尺生宣，画了一张红莲花，题了一首诗：

> "红花莲子白花藕，
> 果贩叶三是我师。
> 惭愧画家少见识，
> 为君破例著胭脂。"

季匋民送了叶三很多画。——有时季匋民画了一张画，不满意，团掉了。叶三捡起来，过些日子送给季匋民看看，季匋民觉得也还不错，就略改改，加了题，又送给了叶三。季匋民送给叶三的画都是题了上款的。叶三也有个学名。他五行缺水，起名润生。季匋民给他起了个字，叫泽之。送给叶三的画上，常题"泽之三兄雅正"。有时径题"画与叶三"。季匋民还向他解释：以排行称呼，是古人风气，不是看不起他。

有时季匋民给叶三画了画，说："这张不题上款吧，你可以拿去卖钱，——有上款不好卖。"

叶三说："题不题上款都行。不过您的画我不卖。"

"不卖？"

"一张也不卖！"

他把季匋民送他的画都放在他的棺材里。

十多年过去了。

季匋民死了。叶三已经不卖果子，但是他四季八节，还四处寻觅鲜果，到季匋民坟上供一供。

季匋民死后，他的画价大增。日本有人专门收藏他的画。大家知道叶三手里有很多季匋民的画，都是精品。很多人想买叶三的藏画。叶三说：

"不卖。"

有一天有一个外地人来拜望叶三，叶三看了他的名片，这人的姓很奇怪，姓"辻"，叫"辻听涛"。一问，是日本人。辻听涛说他是专程来看他收藏的季匋民的画的。

因为是远道来的，叶三只得把画拿出来。辻听涛非常虔诚，要了清水洗了手，焚了一炷香，还先对画轴拜了三拜，然后才展开。他一边看，一边不停地赞叹：

"喔！喔！真好！真是神品！"

辻听涛要买这些画，要多少钱都行。

叶三说：

"不卖。"

辻听涛只好怅然而去。

叶三死了。他的儿子遵照父亲的遗嘱，把季匋民的画和父亲一起装在棺材里，埋了。

一九八二年二月二十八日

灯　下

—— 天还是那么过去的。西天又烧过了金子一样的晚霞。

陈相公（学徒的）在屏门后服侍着新买来的礼和银行师子牌汽油灯。近来城里非常盛行汽油灯，起初只一两家大铺子用，后来，大家计算计算，这比"扑子灯"贵不了多少，可是亮得多了，所以像样一点的铺子也都用了，除了根本没有晚市的。他像是跟灯赌了气，弓着个身子，东扒扒，西戳戳，眯起一只眼睛研究研究，又撮起嘴唇吹吹，鼻涕在鼻孔里一上一下，使他不时要用油污的手去掠一掠。已经是秋凉了，可是小伙子阳气旺，汗兀自不住地滴着。

柜台里有三个人:姓陶的和姓苏的是"同事"身份。陶先生坐在靠"山架"的凳上翻阅从什么报上剪集起来的章回小说(也许丢掉了一页,不接头,找来找去找不着),一面还摸着脸上酒刺,看来不是用手去摸脸,而是以脸去就手,似乎很专心,偶尔有一只苍蝇什么的影子飞过眼前,他也只是随意用手一挥,不作理会。苏先生把肘部支在柜台上,两手捧着个肥大下巴,用收藏家欣赏书画的神情悠然地看着滴水檐下王二手里起落的刀光。王二摆一个熏烧卤味摊子,这时正忙得紧,一面把切好的牛肉香肠用荷叶包给人,一面用油腻腻的手接钱,只一瞥,即知道数目,随便又准确地往"钱笼"里一扔,嘴里还向另外一个主顾打招呼,"二百文,肚子?"又一瞥,哪样东西快完了,便叫儿子扣子去拿。扣子在写着账(熟人可以暂赊),很用心地画着码子,要是什么人的姓写得不大像,便歪着头,咬咬笔杆,很像一些文雅人作诗的样子。柜台里另一位,姓卢,在来往信札上被称为"执事先生",若是在大公司之类当是经理,这里,是"管事",所以常常坐在账桌边。正校核着"福食",每看完一笔,用小木戳子印一个"过"。他叫了一声陈相公,陈相公没有答应,于是又大声叫:"陈——相——公——!"这回不但陈相公听见,连苏陶二位也听见了，回头一看，都扑哧笑了，陈相公一脸胡子，垂手侍立。"今天买了几个铜板酱油？""五个。"又各归原位，各执其事，继续未竟的工作。

他们似乎都在等待着什么。等待着什么呢？

多少声音汇集起来的声音向各处流着，听惯了的耳朵不会再觉得喧闹，连无线电嗡着鼻子的唱歌说话的声音及铁钉头狠狠地划在玻璃上的开关声，也都显得非常安静。叫卖的拼着自己的嗓子喊，如极深的颜色掺入浓浓的灰色里，一经搅混，什么痕迹也留不下。你何必喊呢？不要买的你招不来，要买的自会来找你。这些声音都要到沉默之后才会有人觉得。

时间在人们的眼睛里过去了。

陈相公又有了点小小得意，汽油灯毕竟亮了。他站到柜台上挂了起来，灯嗞嗞地响着，许多小飞虫子便在光底下闹成一大团，哪里来的这许多啊？

一个顾客懒懒地走近了柜台。"要什么？""丝妈糖。""没有。""昨天还有的？""十个铜板起码！"柜台外的人眨眨眼睛，只得向袋里又挖挖，柜台里的把钱接过手，一看，只有八个，不再说什么，丢入"钜万"里，包了一包带丝带粉的什么。八个铜板买不到十个铜板的，大家明白。可是倒教苏陶二位想起来晚上还有几个必到的主顾，知道他们要什么，要多少，便一一包好，在纸上折角做了个记号，放在固定的处所，以便来拿。

卢先生核完了账，把簿子挂到派定的钉上，伸了个懒腰，心里想：不早了。走到门口去看天天来往的人，站了一会儿。今天没有花轿子抬过，足供负手半天。天天下操回去的驻军，也早吹着号过去了。觉得生活乏味，便想回去，却一眼看见了一个人拄着拐杖走来了。这个人（不单这个人）是除了大风大雨、小病小痛，都要来铺子里坐坐谈点"新闻"的。

"哦，陆二先生，二舅太爷——吓，走吓，你怎么不打个灯笼要饭！"卢先生让一个叫花子哭丧着一副不变的脸等着，不去理他。"您怎么今儿来晚了？我打算您的小肠气又发了。"

"没有，没有，今儿放学放得晚一点，嗯——又拢焦家巷吃了碗划水面。"这算是他的解释，其实这解释该用在"如果晚了"之后，他自己明白，并不晚，虽然也不早。

店堂里摆一张方桌，左右各放两把椅子，陆二先生捡了一把靠桌的坐下（这是他的老地方，其余，应当留给别人）。放下拐杖，拧了拧鼻子，把手在鞋帮上抹抹，看看"真不二价""童叟无欺"心里有了点感慨：

而今能写得这样一笔字的很少了，拿春联"报柱"来一比，就分出个高下老嫩来。他是个蒙馆先生。——世界变了，就是写得这样字的也没用了，人家招牌上都画上红红绿绿的什么美，美术字，从大学校学来的，看的不认识，写的也不认识，好处就是不像字，像画。

"一蟹不如一蟹，全是什么洋笔弄坏的，当先，我们的时候——，陶翁，你的花又开了两朵了，——"

"啊？——也不过是随便插在盆子里玩玩的，我连水都不记得浇，还是厨房老朱天天挑水回来浇一点，不想它竟开了花。"陶先生说着，捧了水烟袋走了出来。

"——时人——不识——余心乐，——将谓偷闲——学——少——年——，风雅，风雅。"陆二先生素来很赞赏陶先生。

"二舅太爷，今儿在东家太太家吃了什么来了？"又进来一个人，见了陆二先生就照例问这句话，他是店主的本家，每天到店里来吃饭，这时正是他该来的时候。

"虾子炒虾子！"

大家全笑了起来，连走过门口的也都带了一个笑走过。

进来的人有点驼背，大家都叫他虾二爷。

陆二先生按俗例每天临着到一个学生家去吃饭，周而复始，所以常常夸说某东家太太人大方，铲子好，并且还说了些蒙馆先生不应当说的话，涉及大方铲子以外的事，供大家笑乐，无伤大雅。

虾二爷装作姿势要拿拐杖打陆二先生，陆二先生说："你来，你来，我有话告你！"虾二爷带笑骂了句什么，也就算了。

张汉叼着旱烟袋进来，连声叫着"年兄，年兄！"这是一个老童生，曾往外县做过幕。

老炳到王二摊上拣了根卤得通红的猪尾巴，一条鞭似的舞着，到里去拿了个茶杯，又出去打酒去了。

卖鱼的疤眼收完了鱼钱，也走了进来。

还有些不上名姓的熟人，也都来了，坐的坐，站的站，各有各的风格，于是店堂里便热闹起来。

老炳打了酒，还没有进门，便嚷着："我的尾巴，我的尾巴。"

"你自己摸摸看！谁见过你的尾巴！我见到，倒想拿了喂狗呢。"

"卢三哩，你这个坏人，定是你藏了。你老婆又不在这儿，干什么吵！"

"自己的尾巴都管不住，谁拿了，看，不还在这儿！"

"——还就是万顺的好一点，掺的水不多。"老炳坐到一旁自得其乐去了。他呷了一口酒，带着津液咽下了喉，忽然很严重地问："陆二，你说，唐伯虎有几个太太？"

陆二先生虽然不太满意他这个口风，可是对于别人的问题，只要能解答的，都很乐意解答，读书人第一要渊博。满腹经纶，才像个读书人。于是陆二先生不但告诉他九美的名姓，还原原本本地说起四杰传来。听过的，没听过的，都很诚心耐心地听着。陈相公本来在读着《应酬大全》，这时也放下了书，呆呆地听着，又想着。

陶先生抽完一根纸媒子，把水烟袋递给虾二爷，态度很诚恳恭敬。

"好，垂头驴子会拐缰，你也跟我来起来了。"烟已经没有了，虾二爷掏了个空，但他到柜台里翻了半天，终于翻到了。"佛——笃"，笑笑地一口吹着了媒子，咕嘟咕嘟喝了一阵，噗的一吐，把烟灰远远吹去。

"烟啊，一共有几种？有五种：水，旱，鼻，雅，潮。这内中，唯有潮烟这一样，我们这带没有。我见过，香。"张汉把自己丢在回忆里，一面把自己的"超等"打开，装上一袋，闭上眼睛细细品味。

"嗷，虾二爷，大太爷的田，买成了没有？听说水口庄屋全不坏，是旱潦不怕的，你不是已经下去看过了吗？要不是死了老子，等着葬，肯卖，人家？这么块好田，哼！”

“没有！那方面非草字头（萬）不卖，我们大太爷也忒辣点，晓得人家急等钱用，更有意‘拿桥’，别人家想这块田的多着哩，像孙家就等着买了好‘成方’，可是因为大太爷谈了，也不便再问津。”虾二爷言下殊不平，倒不是别的，成了，他少不了有点好处。别人也觉得大太爷太精明了，心想：“难怪，越是有钱啊，——”

“虾二爷，这几天打牌了没有？”

虾二爷大概是打了牌，并且还小小地进几个，得意地讲起牌经来，说到怎样在最后一圈坐庄时拦和了下家一副不现面的清三番，真够紧张。

陆二先生摇摇头，“酒色财气，酒，色，财，气……”

喔——呜，一条野狗教柜台里的苏先生一棍子打了出去，好几个人抢着说“不孝，不孝”，苏先生打完狗，仍是支着两肘，不声不响。

“马家线店的寡妇媳妇，瞎子婆婆，——嘿！”老炳呪完了最后一滴，捶了一下柜台，站起身子，走了，有人补了他的座位。陈相公望望他的背影，“啧！”了一声，把杯子收进去了，“老是拿了不放回去！”大家全笑了，老炳背上贴了个纸剪的乌龟。

谈话还是继续下去，不知是为何开头的，不知怎么又转换了话题，也不知到什么时候才会停止，一切都极自然，谁也不肯想想。大家都尽可能地说别人的事情，不要牵涉到自己。（自己的甘苦，顶好留到在床上睡不着的时候一个人说说去。）各种姿势，各种声调，每个人都不被忽略，都有法子教别人知道自己的存在。

卖鱼的一面听着，一面于点头愣眼之余计算着，"二百四，四百八——"，算错了，又回头重算。有人叫了一声"疤眼——"，是他的老婆。

"疤二娘，天还早呢！"店堂里又是一片哈哈。

"啐，"疤二娘走过了，又回来，"吴老板找你哩！"

疤眼本想也可以回去了，可是这一来倒不得不大声地说："等下！"等什么呢？他等别人笑完之后，便走了。虾二爷连忙赶到门口："喨——，明儿送十斤蟹到大太爷宫（小公馆）里去，疤眼——！"

"晓——得！"

大家都觉得该回去了。在"明儿见""明儿见"声中铺子里便清冷了一大半。张汉睁开眼睛，叫了一声"年兄"，伸手摘下帽顶上拖了好半天的花翎（也许是草制的，也许是纸制的）望了一望丢了。"吓吓"，也走了。王二本想来店堂里头坐坐，趁现在稍微闲一点的时候。他叫了一声"扣子"，可是回头一看，只好又说

"没有什么，你别打盹"。陆二先生也觉得很怅惘，大有"酒阑人散得愁多"的感味，望望若有其事的小飞虫子，心里哼出一句什么，忽然四下一摸，不好，拐杖不见了，也不说什么，明儿来拿好了，丢不了的。即使丢了，也不可惜，这拐杖越过越短了，快不能再用了。

说真的，这回街上可真寂静得可以，阴沟里的沉积畅畅快快地吐着泡沫，像鱼戏水。卖唱的背了松了弦子的二胡，踽踽走过。一天星斗。

"二舅太爷，回去来。"一个小女孩子一手拿着个面捏的戏装小人，一手的食指含在嘴里。这个"二舅太爷"是真的，小女孩是他的外孙女。二舅太爷等着的是这一声，每天，这个柔嫩的声音都在叫他。二舅太爷不紧不慢地站起身来，可是身后有什么拉住了他，不得不再回头，一看，衣角被谁用钱串子（小索）结在桌腿上，他恨恨地啐了一声。

陈相公把行李卷放到柜台上来。苏先生擦擦肘部关节。陶先生打了个呵欠，卢先生也打了个呵欠。虾二爷看着自己架在左腿上的右腿，脚尖息息地颤动，心想怎么都倦了？又想想：怎么还不开晚饭啊？……

三月十八日写成

寒 夜

———— 个大车棚，靠近村子唯一通口的石桥。

车棚，在夏天，本是牛的天地，它在里面拉水车的轮子整天地转。现在，冬天来了，它该有一份休息，卧在温暖牛房的温暖稻草上咀嚼些往事去（谁知道是些什么事呢）。车棚到这时候也应该让流浪的西北风来寄寓了。但是今年，人们在它四周的带皮的弯扭的柱上络起草索，里里外外又涂上从河底搅起的稀泥，一切车水的设备，可以挪出去的也都没有了。于是车棚变了样子，我们还能再叫它车棚吗，看它巍然独立的样子（车棚比普通茅房要高些，走进去用不着低头）在黄昏淡烟给人的眼睛以遐想的神力的时候，你要不以为那是一个藏着许多故事的墅楼才怪！然而乡下人长于保守，他们还是叫它车棚。

夜，雪后，这儿没有大得吓人的雪，但也足够遮去一切土黄苍青而有余了，一片银光在荡漾，因为是年底，没有月亮，要是有，那不知要亮成什么样子。怕有窗子的人家也不容易知道天什么时候明。风，从埋伏的芦叶间起了，雪结上一层膜子，又打着呼哨。茅檐下的冻铃子（冰箸）像钟乳石一样，僵成透明的、不分明的环节。狗也不大叫。在家的人一定把被角拉得更紧，也许还含含糊糊说两句什么，马上又把头缩到被窝里去。

车棚中心烧了一大堆火，火领受人们的感谢，烧得更起劲了，木柴使足了力气，骨节儿毕毕直响。风用嫉妒的力量想摸进棚里，只能从泥草的隙缝间穿进一丝，且一进来便溶化在暖气里。棚边积雪绷得更紧，像生气。

火光照红了一棚，柱上挂枪。形式甚多，奇奇古怪的名目，听都没听见过。有的似乎只能吓吓麻雀，却也像剑似的闪着青光。除了枪，还有盛酒的葫芦，装锅巴的竹篮，及其他什物，都干净利落，好像日常必经过一只手摸抚过，拂拭过。

围着火，坐着几个汉子，他们的称呼是：老爹，二疙瘩，大炮，蛤蟆，海里蹦，这几位都是名不虚传的人物，在乡下，哪儿都听得到，我相信，如果他们有儿子，他们的儿子一定也如此叫唤。乡下人对于取名字这一道是另具天才的，这几位，不必去请教，看一眼便知道谁是谁，什么名字属于什么主人。年纪也不用问，因为他们各有一颗永远年轻的心，死去时也还是带着青春走的。就是老爹除了有把胡子，哪点能说是老，不信比比手臂看，小伙子都敌不过，不过他已经没有被称为更好的名字的荣幸了。这是他大不愿意的。

火光照红了深浅颜色的脸，也照亮一样精神的眼睛，火边伸着七八只大脚（因有人只伸出了一只），大概还有两个人，睡熟了吧，只有哼声还随着火苗起落。

风更大了，把冻结的雪又撼起，飞起一天花。呜——呜。

还有一个人，年轻的，他是这里最出色的一个，他出去了。

啊，他回来了，推开门，带进一股逼人的寒气，又砰地把门带上了，扣上绳扣，摔摔脚下少少沾了一点的雪，搓搓手，坐到火边，又伸手抹一抹脸，掏出了竹柝子，拿出手枪（他有一支手枪的）端详了一下，又掖上了。他是巡更去的。巡更，谁高兴去，谁去，这里没有什么指派的规矩，大家可心里明白，他不比任何人的次数少。他伸手向火。

好家伙，异口同声，二疙瘩、蛤蟆、大炮，连海里蹦，都怕话给别人抢去似的：

"花儿不要你了！"

年轻人正提起火上煮着的大紫泥壶，壶嘴送近嘴边，一听见，马上把壶嘴挪开，睁大了眼睛，向四面搜寻。

"哈哈哈……她不要你，我要你！"老爹笑了，黑色的胡子飞起来了。他这笑，笑得真好。许多笑也跟着起来了，盖去老爹的话的尾声。壶嘴也便得了救，你听"咕嘟"，热水如愿以偿地下了他的喉咙。其实这也不过是闹着玩儿的。当真，他还好意思提起拳头打人？老爹一笑，更不能那个了。眼睛虽然还睁得不小（他的眼睛从来就没合过），可是那点不太真实的恼气都没有了，里面亮着满意与骄傲，——花儿是老爹的女儿呢！

老爹带笑巴上烟，烟锅里闪着高兴的光。二疙瘩等带笑取下篮里的锅巴嚼着，年轻人随手取了根木柴，拨拨火，又把它丢进火里，也带着笑，是不是想着花儿腻人的歌呢？火烧得更旺，紫泥壶已经重坐到火上去，冒着白色的水汽，颇颇地响。

年轻人，是一个道道地地的年轻人呢，年龄，是一生最美丽的，心恐怕比年龄更年轻些的。他有不许人叫不好看的（即使好听的）名字的权利，再则别人也不好意思给这么一个苗壮漂亮的小伙子加上"二疙瘩""蛤蟆"之类的封号。他叫"太保"并不是还拥有别的名字而被人忘了，从一生下来起，爹妈便如此叫他了。看，可不像个太保，就凭两道浓淡适中、长短合度的眉毛。这近处的年轻的姑娘的心上，差不多都有太保的影子，姑娘们兜面遇到时，常常说："啊，我替苍蝇担心呢，这么光的头发，不滑闪闪了？"底下接着便是："是不是给太保看的？"照例这句是低低的，因为说话的人自己的头发也有点……而对方的回答，一例却是"呸！"和一个红脸。

火光熊熊，有人连衣扣都松了一两个。温暖会使人懒洋洋的，大伙儿的眼皮渐渐搭了下来。

"嗨，怎么都打盹了，这样还守什么夜！"太保一呼叱，全睁开了眼。那两个本来就睡熟了的，仍旧睡得很香甜。

"这么冷的天气，这么暖的火，抱着个精光的老婆，真不愁睡死过去。"二疙瘩"笃"地把一口不平吐到火里去。

大炮说："你老婆在哪儿呐？"

蛤蟆说："你呢？"

哈哈哈……

全是光棍。

"喽啰喽啰，闹些什么！喝酒吧。"老爹摘下了葫芦。没有菜，嚼锅巴下酒。

大家就着葫芦嘴儿喝，一个一个地传下去。

突然，太保一回身，拉开门儿走去了。空气顿时紧张，大家都站起身来，有的已经拿住了枪。

门又开了，太保走进来，望望他们，把手里捧的一大团雪放进水壶里去，原来壶里水已经快光了。

没事，天下太平，大家又坐到火边来。

"太保，你冷不冷，怎么出手去捧雪？快来喝喝酒，通通血脉，葫芦里剩得不多了。"老爹的话像是对儿子说的。

"不冷，"太保一手接过葫芦，"你们怎么解手都不讲规矩，看雪地画了一条条黄龙，回头——"底下的话随着酒咽下肚去了。

"回头怎么？这会儿谁还来。"这事大家都有份，所以也差不多是同时说。老爹笑笑，又巴上了烟，他心里想他们像是存心对付太保呢。

太保拔出手枪，用手摸着微温的发着蓝光的枪壳子，把子弹一个一个地跳出了膛，又一个一个地装进匣里，然后再上了膛，保上险，看了又看，他自己也不知道一个庄稼人怎么爱上了这玩意。

"噫。蛤蟆，看老爹的眼睛都快笑成一条缝，真是丈人看女婿，越看越有趣。"海里蹦轻轻地说。

"有趣，就有趣罢了，关我们什么事？我们算是完了，你呐，还年轻，模样也还像个样子，怎么也不想娶一个标致媳妇儿，尽跟这些杆子成天胡闹！"

"他要娶什么媳妇，有嫂子欢喜他哩。他那痨病鬼的哥哥还不是早晚的事！"

"你胡说，你胡说！"海里蹦贼人心虚似的，因为他的确常常想到这件事情。在乡下这是普通事！他一手抓过葫芦，把剩下的酒一口喝完了，喝得太猛，都喷到火里去。火堆上了阵青光。

"听！"二疙瘩手一摆，大家都屏住了气。嚼锅巴的停止了牙齿的运动，怕妨碍了听觉。老爹的烟锅里也不再咝咝地响。

静默。

"见鬼，是雪压断了树杆子，大概是桥那边的。"太保耸耸肩，把落在火外面的木柴踢进火里去。

"天该不早了，大家睡一下吧，有我一个人也够了！"老爹把烟又巴上了。

"再出去走一下吧。"太保说着，便一手拉开了门，一脚跨出去，正跟一个人撞个满怀。

"冒——嗨。你还那里去啊，天都亮了！"花儿跨进了门，"爹，我来带你了。"

"你是来带我的吗？——花儿，人家说你不要太保了！"

"谁说的？"花儿冲冲地说出这句话，话一出口，便觉得很难为情，忙低头拾起地上的竹篮。

太保不让人看出他的脸上的颜色，便走到门外去。天虽然明了，也还很朦胧。

老爹连忙高声地说："太保，你慢走，上我们家吃团子去。花儿走吧。回见，回见。"

"回见，回见。"

"爹，我不依，——我做的团不给他吃。"花儿扭扭头，拉拉老爹的衣角，轻轻地说。

……

"爹，你教花儿走慢些，你看她身上的雪，必是来的时候跌了一跤。她生我的气呢。——把葫芦跟篮子都给我拿吧。"

沙沙的步声远了，风掠着地面一切，只有人的心除外——

火堆子的火已渐灭。

二疙瘩，大炮，蛤蟆，海里蹦，相互看看，嘴张得大大的，有点呆相。

"谁说的？"蛤蟆学舌学得倒很有几分像。

睡熟了的两位，依旧睡得很香甜。

除 岁

守岁烛的黑烟摇摇的，像一条小水蛇游进黑暗里。烛泪漓漓淋淋地流满了锡烛台的周身，发散着一种淡淡的气味，烛焰忽大忽小，四壁的光影也便静静地变化着。——说是守岁烛，其实也只是一只普通的赭红土烛而已，光秃秃的，没有什么装饰。

窗纸上涂满了清油，房门被一面厚厚的棉帘子挡着，室内渚积的碳酸过多了，教人觉得心头沉重。

想不到适当的事情做，随意伸手拿起火箸子，看看烛花并没有长起来——才挟过呀，便又放下了，移移坐在椅子里的屁股，轻轻地嘘出一口气。父亲抬起头来看了我一眼。

算盘珠子刷溜地响着，薄薄的关山纸一张一张地翻过。

过年了。……

收账的走遍千家门户，回来，摇摇头，说一声"又长了不少见识"便去睡了。在梦里，他还会看见自己一脸的无可奈何，和层层围着的灰白的眼睛、嗫嚅着的嘴唇吧。我看看桌上一堆散乱的角票和镍币，想起他的话："我知道，我知道，我知道！"不由得鼻子里喷出一个没有声音的笑，便随即止住了，似乎想收回去。

真的，过年了。

天，也真有个意思，几天来，灰里透亮的瓦块云紧紧地压着动都不动，板滞滞的，像是冰结了，怕就要下雪了吧，想一些蒙馆先生将捋着黄胡子说："雪花六出，（是）丰年——之——兆——呵——。"

风呼哨着，刮刷得几根军用电话线鬼一般叫，坐在家里会常常有泥粒掉到颈子里，这时节要出去走一趟是须用相当勇气与决心的，可是几天来街上行人不但不稀落，而且更多，更匆忙。

跟往年也没什么不同呵，这些。

低郁的炮声破散在风声里，一阵子紧，一阵子松，大概还在老地方，总还隔有几十里地，也轰了不少日子了，今夜都不会过来吧。用这个代替花炮点缀点缀也好，免得教年以为自己来错了日子。

一送了灶，果然竟有点过年气象了。其实，年自不许人忘记，不必什么礼俗来装饰。老祖母白发上插上小心收藏的绒花，年轻的姊姊修改着弟妹们不大上身的新衣裳，这些，会轻轻带来过年的心情和过年的感觉给驮着家的重量的人。

我若有所思地点上一支烟，目光停在学徒的细心抹拭过挂进来的招牌上。今年，很少店家把招牌加过油漆，飞过金，有大多数还在等着不可知的命运：也许要倚到黝黑的角落休息若干日子，也许在原来的某记上贴上一方红纸，重新改过字样，甚至还供出最后的用处，暖了人的身手，凉了人的心。谁知道呢？但是能挂到旧檐下让风雨吹打一些时的，仍旧要在熟人眼里闪耀着陈年的光辉，怎能不抹拭得干干净净的？

……这字，是祖父一个朋友写的，是个大名家，叫，叫什么的？……

"还好，亏不了多少，够开销的了。"父亲推开算盘，移开面前账簿叠起的小山，摘下黑布护袖，用双手狠狠地抹一下脸，像抹去许多细粉的数目，站起身来。

"不早了吧？"

"嗯？"

他搓搓两手，把指头拉出声音，来回踱着，眉头皱起又放平，是在盘算着什么。看他的神情，像一个坐了很多时候船的旅客到了家，还似在水上轻轻地摇着。

父亲少年时节完全是个少爷，作得好诗，舞得好剑，能骑人不敢近身的劣马，春秋佳日常常大醉三天不醒，对于生意完全不经意。现在却变成一个老老实实的生意人，教人简直不能相信。我凝视壁上挂着他的相片，想寻出一点风流倜傥的痕迹。

"你别笑，我知道你要笑的。"我本来一点都没有笑，经他一说倒真忍不住笑了。

"一到天明，你等着瞧吧，多少字号要在公会的名单上勾去了。广源，新丰，玉记，……往年倒一两家铺子，大家心里虽然早都有了个底，可是不能不当桩大事议论着，今年啊，多了，大家反而不大在意了，也不再关心生财铺面之类的事情，只是听到某家还想撑着，倒好像很奇怪。船多不碍港，客多不碍路，兔死狐悲，要是有点办法，谁不愿援之以手，然而自顾都不暇了，只好眼睁睁看着一爿一爿地不声不响地倒。我看有弄得米没地方买的日子。"

说着一手抓起茶杯，把杯内的残茶往嘴里倒，大概茶早已凉透了，他用力打了个寒噤，把茶都泼在痰盂里。

"你说，怎们许多铺子，就没有一个有眼光、有手腕的吗？有。可是这年头，有翻江倒海的本领也不行。就只有德太还好些，辅成的流年的确不坏，他今年心血来潮地忽然想代做陆陈①，谁知竟做上了，这样上下一扯，他大概还挣了点。上板上眼的都不成。一入秋，上河的早食子②全教个不见面的人给收了去，三十子，五十子，吓一跳，今年一担都没见，你说可怪不怪？那么只好在下河一带着眼了，冒了多大的危险，收到一点迟食子。路程远，水脚重，蚀斛大③，当然卖价也就水涨船高了。前天还有人说：米卖四千八，扒米店不放（犯）法，我看四万八的时候也不足怪，扒也扒不出什么油水。说真的，能有法子啊，谁忍有一些小户人家半饥半饱的，天天量米的时候总是吵嘴。吃不起米当然只

① 陆陈指杂粮生意。

② 早食子指早稻。

③ 水脚指运费；蚀斛指过程中的减损。

好带着杂粮吃了。这一来，倒成全了辅成。真的好笑，万安堂的陶老板前天还跟我说：'别的行业不说，民贫则俭，可省的省了，不景气是意中事，你们这一业，食为民天，米都是要吃的，怎么也不行了？'我望他笑笑，说：'什么都可以省，病却省不了啊，有钱的或许参汤燕窝吃得少一点，穷人，摆子痢疾更较往年多些，今年吃了些不惯的东西，肠胃里免不了要闹闹，你们大黄芒硝都少不了，有人照顾，你却为什么总是成天嚷着亏啊折的？'"

恐怕今年材板铺子倒有点赚头，死都还是要死的，万字纹的棺材，三道紫金箍究竟不大有人用。我沉吟着，把烧到指边的烟卷丢到痰盂里，咝——马上黑了。

炮声又紧了，纸窗沙沙地抖了一阵。也辨不清是敌人的，是我们的。夜来，炮声就没停过，不过到紧的时候才教人一惊。

"这次是抗战，抗战，我们难道不明白吗？为了抗战，商人吃点苦是应该的，只是——"父亲的话说不下去了，沉沉地坐到椅子里，拨弄着算盘，好像那种轻快的声音能给他安慰，能平抑心里的骚乱。

"前天商会慰劳团带了不少煮熟了的腌肉去，原想让弟兄们也知道过年了，也算一点意思，看这样，前线上一定紧张着哩，恐怕他们连这点腌肉也没工夫吃。唉，恐怕他们连在家怎样过年的心思都没空去想……"父亲摇摇头，眼睛看那支燃得正旺的守岁烛。

"写春联吧，年，总是要过的。墨已经研好了，在架子上茶杯里，你拿来渗点水，炖在脚炉上，写春联的墨要熟，才有光。炉里该还有火，三十夜，要彻夜火烈。纸——怎么'万年红'买不到？这是本城出的啊！没有就将就省用吧。"父亲把心事推开了一点，想到过年了。

"大门后的联字换换，就用'频忧启瑞，多，——多福兴邦'。"

"福？"

"福。大年下，用个'难'字让老太爷看见要不高兴。"

"那，'忧'字为甚不换一个呢？"

"忧总是忧的，难道不忧吗？只要能启瑞就好。哈哈。"

夜深了，寒气愈重了，我拨拨火盆里的炭，炭烧得正炽，红得像是透明的，只是一拨之后，一些白灰飞了起来，落得我一身。

"不行，一会儿就要支不住了，你去再搬点炭来加上去，喂，回来，索性拿壶酒来。"

炭火更旺了，我又撒了些柏叶，一室都是香气。

"喝，我久不同你喝了，今天不是个平常日子，我们爷儿俩守守岁，来，干！"

我近几年都在外县，一年难得回来趟，回来，也不正赶上过年，今年难得抽空回来，看看一切都变了，心中不知是什么味道，难得看见父亲这样高兴，我自然是高兴的。

"干。"但是我的杯子停在一个声音里：

"——喤，睡醒些，屋上瓦响，莫疑猫狗，起来望望。……水缸上满，铜炉子丢远些，小心火烛啊，……喤……喤。"

渐近渐远渐渐走过深巷，铜锣的声音敲破了夜的深沉。

"这是敲岁尾更，每年腊月二十四以后都要敲的，怎么离家才几年，把故乡的风俗都忘了？不记得了吗，你小时候还常常学着叫呢。铜炉盖子不知被你敲破了多少，不晓得是什么字眼，一定缠着要妈教你。听——"

"——笃，笃，笃，我看见了，看见啦，躲也没有用，我看见来，墙犄角的影子里，看见啰，别跑，别跑，笃，笃，笃，笃……"

"这个我知道了，是冬防局敲梆子的，我还躲在门缝偷看过。他这么一叫，毛贼都吓跑了，会捉得到？"

"也就是吓吓罢了。"

"当……当，笃，笃，笃笃，笃，……当……"

"呃，抡二爷今儿——"

"哦，抡二爷今儿来找过您一趟，说——"

"我知道了，抡二爷时运也太不济，今年景况很不好，又添了个孩子，真是要他来的，偏不来，不要他的，偏来，他，人又老实无用，一家大小全靠二娘一个人戳针头子戳出点钱来吃饭，这样，哪成？他心也太好，又专为别人的事东奔西走的。我已经跟大家商议，把慰劳团募来的棉衣交给二娘做了，这样也免得被人克扣棉花，你明儿帮忙到商会里取来。他还有什么事吗？"

"他说詹世善还有什么事情要拜托您，说告诉您，您就知道，千万请您出点力。"

"哦。"父亲用手指把着桌面，一声，一声，很慢。

"又是一个。詹世善这人也固执得可以。张远谋说要留他，他偏不肯，却又四处托人找事，人家这都要裁人呢，教我哪儿想法去。"

"是怎么回事呢？"

"是这样的，你知道张远谋是公会主席，今年弄得也不好，但是还不至于倒，他是为了做军米，把铺面没了，只留几个师傅和一个老桂①，别的人都辞了。去年因为军米的关系，大家受的影响也不小，他便代表同业去跟军用代办所交涉，说以后所有军米一概归他一家包做，不要临时摊派各家，耽误营业，两方面都省麻烦，这事原是克己利人的。詹世善原是张远谋信任的人，看他家累又重，便说我们是多年宾东，我仍旧留你，一切照旧，可是他啊，说是不能做事，于心不安，坚辞要走。真是个淳厚人。"

"那怎么办呢？"

"只好跟辅成说说看了，只怕也没有大希望噢。——往年添个人，算得了什么，今年守岁酒都吃过了，还没个分晓。"

"敲门。"

"哎？这会儿有谁来？"

父亲掀开棉帘，一步跨了出去，我拿了蜡烛跟在后面。

我们站在门旁，屏着气听着，心里不免有点忐忑，

───────────────

① 故乡方言，管机器的人。

等待着什么事发生。门环又响。

"哪个？"

"是我。"

"哦，是远翁，有什么事？进来坐吧？"

"不，不，不，我这就要走，你门上封着元宝①，怎能开，你不用开，不用开。"

"有什么要紧事吗？前线上怎样了？"

"很好，前线上，冲过去二十几里，扎到小杨村了，小杨村离麒麟坝还有四十多。我就要去，跟王团附一块去，把慰劳品带到团部，一天亮就走。噯，你知道收上河一带稻子的是谁？"

"谁？"

"陈国斌，全是替敌人收的。"

"陈国斌？是去年春上被驱逐出境的？"

"是他，汉奸！"

"现在怎样了？"

"逮到了，他正想把稻子偷运过去，由湖里。在杨林溏就擒的。所有囤粮，全部搜到，明春是没大问题

---

① 故乡风俗，除夕要用纸钱粘成元宝形状封门。

了。我已经在拜年片上写明叫同业能支持的还是支持，市面要紧。"

"对，市面要紧。"

"我大概得过两天回来，这事得拜托您。"

"当然，当然，反正还有几天，大家到初六才会开门哩，明天一早我就去各家走走，商量个办法，单单是裁下这些人也没办法。"

"是啊，教他们都拿什么吃去。当然现在县里对于那批粮食还没有一个处置，不过我想是没多大问题的。开，老板们自然不会有好处，不过只好也看得轻些了。"

"谁也不忍心看先人遗下来的或是自己一手创置的生财器物生虫上锈，我想没多大问题，开。——你呢？"

"我？自然还是做军米。哦，老詹的事情千万您得给帮忙，您把他的事看作我的事吧。我知道辅成差个内账，他想自己来，你跟他说，老詹做事，克实地道，再，我们坦坦白白地说，薪俸高低总好说。如何？只是这事您决不可告诉老詹，回头他又是不肯。拜托，拜托。"

"好，辅成大概也拗不过我的面子。"

"怎么样，你今年？"

"还好。"

"你是百节之虫，——"

"见笑，见笑。"

"哈哈哈哈。"门里门外一片笑声。一种压抑不住的真正的笑。

"就这么说，我走了，再见。"

"再见，好走。"沉着有力的脚步声渐渐远了。

"干。"

"干。"

父亲和我的眼睛全飘在墨沈未干的春联上，春联非常的鲜艳。一片希望的颜色。

三月十三日草成

冬 天

——小说《豆腐店》之一片段

冬天，下雪。

冬天下雪，大和二和不大出来。冬天的孩子在家里。孩子在母亲膝头，小猫在我的膝头。孩子穿得厚厚的。冬天教人觉得冷，我是觉得不冷。孩子的眼睛圆溜溜，孩子想。想，看看雪，想。冬天，大和二和睡觉，——我就看见他们睡觉，不睡觉他们做什么我不知道。我作不出一篇《大和跟二和的冬天》。冬天的荒野一片白，就只有一个字，雪。要那才叫雪，什么都没有，都不重要，只有雪。天白亮亮的，雪花绵绵地往下飘，没有一点声息。雪的轻，积雪的软，都无可比拟。雪天教人也不是想飞，也不是想骑（马），不是俯卧在上面，教人想怎么样呢，还是走走，一步一步地走。想又不顶想，又似乎想的也不是这个，都说不清。总而言之，一种兴奋，一种快乐，内在，飘举，轻。树皮好黑，乌鸦也好黑，水池子冻得像玻璃。庙也是雪，船也是雪。侉奶奶的门不开，门槛上都是雪。……下雪有时我们还是要出去的。或是冬天来得特别早，或是学校放寒假放得晚，还没有考大考就下了很像样子的雪了。新围巾，好质料的长筒胶靴，这要到雪里去。我们要打那把大伞。为孩子们把伞造得轻便些是很要紧的事，不然他们就一心支持负担伞的笨重，再也无心做别的了。伞其实我们并不真要"打"它，雪很干，雪落在眉毛上化了也很好玩，要伞我们是要撑起来旋来旋去，伞把我们都罩了起来，这很好玩，很美。看见那把伞倚在犄角，就提了我一句：我要走。我要上学去。快点，快点，找铅笔，——想想看：昨天晚上……还没有想到如何搁下笔，即记起放在哪里了，准备得停停当当，心里轻松；好了，现在，"小莲我跟你买豆腐浆去，我跟你一起去，噢！"豆腐店顾老板看了那个淡蓝瓷罐子，点一点头。——顾老板差不多每天都跟这个罐子点一点头。我们会意，那等于说，"就有，等一下"。我们照例就各处看看。两大锅白浆，咕噜咕噜，从锅底翻上来，向四边滚去。热气腾腾，一直腾到屋顶。（屋顶的雪呢？）顺着上望，黑沉沉的椽子，黑沉沉的望砖。顾老板手扶锅台，看看锅里。时而把一个大铜勺拿在手里，掂一掂，又放墙上一个木架子上。一切动作全极准确，合乎理想，熟练而不流滑。看见他的动作，心里就会感动。我注意到铜勺把子后头一根钉，刚好卡搁在架子上，顾老板大概站得太久了，时而把全身重心落在脚跟，时而落在脚掌往回移动，看得出他脚面上那根筋一起一落，你可以想见他的大拇指时而伸直，时而屈起一点。他在等，等一会儿豆腐皮子结起来。皮子结起来，用一根一根的"皮棍"那么一撩，一张；一撩，一张，一张一张地挂在木架上。嗯——噎，豆腐皮往上缩，皱起来了，皱得厉害！顾老板是个瘦子，高而瘦。稍微侧一点，从后面看过去，只见他的高颧骨。我们很少正面看顾老板，不知道为什么。偶然他回过头来，他脸色青青的，眼球发浑，全是赤丝。他没有精神，好像他非常想睡觉而不得睡的样子。这时灶后一定有人烧火，脸熏得通红通红，皮肤发紧，是顾大娘。到灶后看看，顾大娘没有梳头。她每天不知道什么时候梳头。（小莲是扫好地梳。）—— 一听顾老板喊"起"，我们知道那是叫顾大娘不要烧了，这就要给我们留豆浆了，我们就赶紧去看一看驴去。驴打喷嚏，跺它的小蹄子。驴养在后面一间小屋里。一屋子干草，够它吃的。驴看到这些草想必喜欢的。我们从门口把头伸进去（它的门只有半截）。喂！驴也看见我们了，它瞟了一眼。用一根柴棒把它的长耳朵按下去，再看它竖起来，一定很有意思。而顾老板叫了："豆腐浆！"赶紧去拿！一把瓷罐提在手里，就非走不可了。

　　但是，提罐子的这个专注于罐子，专注于走路；闲上的那个却还可以四顾一下。看一看那个榨床，看一看磨石，看一看滤豆汁的夹布兜，看一看壁上百灵机瓶改成的油灯，油灯在壁上熏出一道烟黑，若定若动。"走啊！"慢，看顾大娘出来了。顾大娘没有梳头。有人没有梳头头还是那么整齐，简直可以不梳，顾大娘为什么那么乱？从炽旺的火边走出来，出来一定全身一寒吧？顾大娘走出来，走到锅台旁边那张床前。小莲和我都驻足回头。床上一张帐子。顾大娘撩开帐子。帐子里睡的大和跟二和。看到一角被窝，顾大娘掖一掖被窝。大和二和睡得暖呵呵的，睡得像两条小狗。如果有一个醒了，睁着眼睛醒在那儿，他一定叫一声："妈——"顾大娘就颔首，眼睛看眼睛。我们最后一眼是那个灰黄的帐子，帐子放下来，所有这个店里的一切好像全罩在帐子里了：灰黄的帐子，一个补丁很惹眼的一方。转过身来，门外一片白雪。

……

虽然是冬天，白天我们仍然有许多事在手上好做，身体好动。到天黑下来，火红起来，（偶尔一掀窗布，灯光铺在雪上。雪住了，——雪又大了。）我们就真个就是想了；或者说话，说出自己想的，把自己想的跟别人连起来。我们想到荒野；想到雪下的小麦；小麦种在荒野的尽头，这时它们还绿？想到野兔子，獾狗；红毛草城头上赶野兔子；每回上坟，一路都要看到许多獾狗洞；想花胡不拉的野鸡冻在雪里，想冰底下的鱼……李三酒醒了没有？一到冬天，李三总是满身酒气。谁要李三不喝酒，你大雪里来敲敲三更看！（冬天日子真短，夜真长。）李三的木棚子在雪下。木棚底下露一片砖地，雪所不及，还很干。老王吃过李三的狗肉，他说很香。侉奶奶的屋子这时真是孤，全世界一定都把它忘了。侉奶奶点不点灯？灯光在大雪的荒野上。这一冬天她纳了多少鞋底。她那个针拔子正好借人镊猪头上的毛！（猪眼皮上毛最多。）顾大娘一定跟她借过。借针拔子，顺便就在她小屋里谈谈，看她吃什么，看看房子还结实不结实。——如果伔奶奶的小屋教雪压垮了，第一个一定是李三知道。李三去打更。一看，可了不得了！随后李三各处去说。——不至于，那间小屋看起来还好。——然而怎么说得定！——大和二和一定很快就会知道。他们要去看。他们很久没有看见伔奶奶了，自从下雪。二和紧握着大和的手……

　　大和二和现在，他们一定也想。想许多百读不厌的事，除非他们有什么新鲜事情好想。他们想野兔子、獾狗、野鸡，麦，李三，伔奶奶？他们那盏百灵机瓶子做的油灯点起来了，灯焰袅出一缕烟沫。石磨子冰冷冰冷，水缸里上冻了。顾大娘丢一块木柴在水缸里的，怕缸冻破了。顾大娘做鞋子。大和二和他爸爸，顾老板干什么呢？——他的黑布棉袄上有许多皱褶，里头落了许多灰，还有头皮。二和打盹了，他爸爸说："不要睡！要睡上床睡！"他说不说？二和醒了，他才离开这一切，又被唤回来了，他睁开惺忪的眼睛，门外沙沙地正有个人走过。二和听，大和也听，他们妈妈也一响停针而听。那人一步一步地走，渐渐走远了。这是谁，这时候还在街上走？他们一起全有点寂寞，正在把寂寞注满，又有一种平安之感，一种谢意，他们排门缝里漏出一线一线的灯光。……

　　有时我做梦梦见大和二和，还有小莲；有时会梦见大和跟我打架，那是不可能的事。第二天起来我就告诉小莲听。小莲："一起来说梦！"然而她还是听。

白松糖浆

船开了，离岸已有一截子路。想下去的无法再下去，要上来的也上不来，岸边人看着船，船上人都已找到地方坐定了。人并不太多，空处尽有，不过半个多钟头即到对岸，随便哪里都行，又不是坐一辈子；常来常往的，谁说得出这船上最好的椅子是哪一张，只要没有别的原因，对于自己所占坐处都很容易满足。茶房沏茶水，打手巾，小贩叫卖吃喝，人一安定，他们开始活动起来。——进来了一个孩子。

他一身青布学生装，一顶学生常戴的军帽，青布的，不脏，也不是顶干净，新的，但得极见细心爱惜，每天晚上脱下时都好好地折起挂好，绝不是随便往椅子上一团或顺手一撂盖在脚头被上。显然这是他最好的一件衣裳，他的一点荣光，他的财产，他的"资格"。帽舌子当然没有折断，戴得很正，比普通孩子戴得稍高一点，不扣在额头上。帽子不大挺括，好像淋过一场雨，这两天天阴，今天才放太阳。他大概……十三四岁，——不像——十六……，不，只有十三四岁！他发育得还正常，身材不高也不矮。只是样子早熟，他走进舱来的几步绝不像个十三四岁的孩子，不怯也不野，老老到到，沉沉稳稳，仿佛颇能独立，很有主意，然而实在毕竟还是个孩子，稍一注意就知道那点早熟的皮层实在很微薄，轻轻不费事即可揭去。一个孩子，一个小学六年级或者初中一二年级的太守规矩、太世故一点的好学生，一个小道学家，并不是没有调皮淘气的时候，但明白得失利害，不致闯祸犯法。若在学校里，同学多半不大会喜欢他的，也许受先生的暗示而不得不对他表示一分敬重；但先生自己尽管表面奖励，心里未尝不想他把真的一面拿出来，只是先生似乎不可以劝学生调皮淘气！幸亏有这点调皮淘气处，也许他才不致孤单离索吧。他眉目颇清秀，浅浅一个酒窝。——他进来了，走到舱中那根柱子前头，在放茶壶的那条长桌上放下皮箱，（似乎这根柱子、这张桌子给他一点依傍，让他不悬在空中似的，）站定了，鞠了一个躬，用一种虚伪做作的，文明戏式的，有腔有调，然而孩子的声音，高声朗诵起来：

"各位，我们中国人，最爱咳嗽。中国人体质衰弱，营养不良，动辄容易咳嗽吐痰。中山先生说，随便吐痰是我国人的不良习惯。吐痰固然是不良习惯，咳嗽也有伤身体，如若一时不治，难免养病成灾影响气管肺脏，在在都极其危险可畏。咳嗽有好多种。有新咳；有老咳。有伤风外感；有五劳七伤。有干咳；有痰咳。有吐白痰；有吐黄痰。有妇人胎咳；有小儿夜咳。有五更咳；有百日咳。有年轻断伤，痰中时见血丝；有老年气弱，咳时痰难吐出。有呛咳，有喘咳。……"

他说了不止五分钟，口齿十分清楚，换气，提头，顿逗呼应的地方也没有错什么。用的是带淮安味的扬州话，有几个字是国音，阴平特别高显，人声则一律还是保留，可是那些咳嗽他多半并未见过遇过，有些字句意义他不大懂得，说起来很难动情，很难声色俱茂。他一定没有落了一句，可听起来总觉得生，腔调中如有裂缝，不是倾瓶泻水，一气呵成不够流利。背的次数该还不顶多，也不少了，他还得老是想着背，除了一点淡漠，一点困惑，我听不出里面真的或是假的感情。就像

白松糖浆

0
5
3

这样，学校演说竞赛会上他可以稳稳地得个第二了，假如第一为一个圆脸大眼睛女同学拿去。在评判单上他得分最少的当是"姿势"一项，级任先生应当多教他的手臂怎么运动，伸出去，举起来，摊开手掌，一个一个竖起指头，……他这五分钟甚至脚底下都没有移动几回，就是笔直地站着说的，这未免太僵了。——唉，怯场倒不怯场了，对着这么些人，还看不出畏缩不安，可是并不吸引人，没有那种抓住听众的力量，他不是个讲演的天才，而且嗓音太高，太窄，太直，太干，有点左。

"……现在，敝公司精制一种白松糖浆，专治各种咳嗽。白松糖浆是以纯白的松子炼制而成的糖浆，它能化痰止咳，滋补润肺。不论久咳新咳，小儿咳，妇人咳，……有病可以治病，无病可以预防。……"

于是把小皮箱打开，手里拿着一瓶，摇着，走到各人面前。

"白松糖浆在上海本公司门市部售价两万六千元，镇江药房卖三万。这是广告性质，只收回清本，无非是推广介绍，只卖两万，有哪位先生要一瓶吧？……"

"带一瓶吧，送送人也好的。"

"要吧？……"

可是怪，这船舱里竟然没有一个咳嗽的！至少这会儿没有一个人咳一声。

他还在一个一个问过去，态度彬彬有礼，熟悉一切失望，都很含蓄极其耐烦地一面摇着手中的瓶子，一面"劳驾""得罪"，从人前走过去。从演讲一变而为说话了，语调之中颇多了一点江湖习气，但确确实实更看出他真还是一个孩子，一个十三四岁的孩子，一个小学初中之间的学生！

当然他不单纯是为公司做广告，推销一瓶货，一定有若干好处的，公司另外还给不给报酬呢？批一批货，要不要先付一点钱？有一个什么折扣可打？他就是单在这只船上，还有别的地方可去吗？一天能卖多少瓶？要是一瓶也卖不出去？他乘船，不用票吧？要不要常常送船上人一点钱，或是送一瓶白松糖浆？没有病也能吃的，船上人是否因此不伤风也得咳两声？他怎么爱惜他的钱、他的货，又怎样表示大方、漂亮？要是遇到莽撞冒失人一头碰洒了他的小皮箱呢？上公司里批货，总有些手续，得说好些话？没有问题，两万绝对不是最低的价钱，一定可以讲价的，他怎样跟人讲价，怎么察言观色，见风使舵，趁热打铁？总有许多许多麻烦他得应付的，许多许多意外逼得他要哭！自负和自卑熬炼得他长大起来。他有一身衣帽——他的新鞋，家制青布鞋，鞋底还很白!

"哎,白松糖浆,哎,纯白松子精炼所成,哎男女老幼通用,哎春夏秋冬咸宜,——"

什么时候果然进来了另外一个!一看脑袋就知道他的脚背一定很高,——高鼻梁高颧骨,高牙床,前额到后脑长极了,而左眼跟右眼距离得很近,他的屁股当然很小很小,可是声音倒是扁的,仿佛是从小腹处发出来的。

他前年或是去年过了三十岁。他一百磅左右,有时他愿意自己胖一点。他胡子楂黄黄的,那倒没有什么关系。脸上雀斑不少,似乎没有什么办法可治。他认得字,会写信,他很喜欢"专此奉达敬请钧安"这一句,尤其是"钧安",很能感动人。他读过千家诗,很羡慕解学士,自己也想能作作诗,他能看报,知道马歇尔、杜鲁门、DDT、原子弹。他不抽烟,可是有时肯买一包,放在口袋里,到必须时拿出来请人,联络联络,他不会跟人打架,但可能有挨当兵的或什么粗野人莫名其妙地打两个耳刮子的时候,他有时做梦得到一支自来水笔并且当了保长,眼前希望得最迫切的是有一个不管什么样子的徽章别在身上,还有袜子后跟不要破得太大。不过公司虽然不发徽章,他现在的这个职业仍然是可感谢的，教他觉得屈辱的时候不比觉得矜骄的时候多。他老跟这个孩子搭档，虽然当真遇到什么事，他也不见得有办法，他没有能力，也没有胆量。不过他总以为他在提挈指导着他，他非他不可，一有机会他就训练他怎么做人，怎么处世，怎么怎么一篇大道理。他跟孩子只是职业上的关系？——有一点亲？像表兄弟？——堂兄弟？——都不像——是街坊？——是街坊？——大概。——哦，他想——孩子一定有一个寡母、一个适年待字的姐姐，为他做脚上这双新鞋的姐姐，这个尖身子扁嗓子的人一定常往他家走动，看看老伯母，逢年过节还买一点礼物送去！看孩子面相他姐姐长得必不难看。她一点都不喜欢他，但当真以为弟弟会受到他好处，也许——究竟她会不会嫁给他呢？

孩子也并不喜欢他，他有时甚至从心底觉得他讨厌，但他还不能看清楚他，反抗他，为了自己的利益，他宁可对他服从。也许这样的依仗是虚空的，然而一点朦胧的信任使他自己可以更坚强些，在没有遇到打击之前。

"要吧？"

"有哪位先生要，带一瓶送送人？"

然而客人兴趣更低，他手上那个瓶子反面正面都没有人再要看一眼了，阖起两只箱子，他们走出去。虽然这也许是最后一个舱了，可是他们的样子总像是还要赶到什么地方去，匆匆忙忙，毫不颓唐懒散。只有出门的那一会儿他们倒极像是息息相关、合作无间的同伴，他们用同样的，经过配演的姿势走出去，甚至脚步的起落都是同时的。

一个客人，——两个，咳起来，倒不定是有病，因为要想憋着憋着，于是憋不住了。另一个伏在窗口看对岸青山的客人正抽着烟，听到咳声，忍不住一笑，往里流的烟倒呛出来，也几乎咳出声音。

驴

驴浅浅的青灰色（我要称那种颜色为"驴色"！），背脊一抹黑，渐细成一条线，拖到尾根，眼皮鼻子白粉粉的。非常像个驴，一点都不非驴非马。一个多么可笑而淘气的畜生！仿佛它娘生它一个就不再生似的，一副自以为是的独儿子脾气。

一下套，它叱一口豆子，挨了顾老板一铜勺把子，（顾老板正舀豆花做干子，）偏着脑袋，一溜烟奔过了那条巷子，跳过大阴沟，来了，奔过来，还没有站定，就势儿即往地上一摔，翻身。这块地教它的驴皮磨得又光又滑了。（若是这里需一地名，可就本地风光名之为"驴打滚"。）翻，——翻不过；翻，——再来一个，好嘛，喔唷喔唷，这一下，——过瘾！我家老王说，驴子不睡觉，站一站就行了；挨了半天磨，累得王八蛋似的，也只需翻一个身即浑身通泰。我相信他。因此，看它翻不过，为之着急，好像我的腰眼里也酸溜溜的了。幸而它每次都一定翻得过的。滚完了，饮水，吃草，丁零当啷摇它的耳朵，忔尔噜噜打喷嚏。——这东西把两个招风耳那么摆来摆去的干什么呢？世界上有没有一个蜜蜂曾经冒冒失失撞到一个驴耳朵里去过？小时候我老这么想，现在也还对此极有兴趣。唔，唔，唔！它把个软软的鼻子皱两皱，（多不雅观！）忽然惊天动地地呜哇呜哇大叫起来，问老王它干什么叫，老王说："闻到驴奶奶气味了，好不要脸的东西！"说时神情好像看不起它。我于是不好意思看看它自身挂下来的玩意儿。晋人多奇怪嗜癖，好驴鸣其一也，有以善作驴鸣得大名者，甚至到新死的朋友坟上去"鸣"，真是非常的玄了！驴它稳稳重重的时候不是没有，但"发神经病"的时候很多，常常本来规规矩矩、潇潇洒洒地散着步，忽然中了邪似的，脖子一缩，伸开四蹄飞奔，跑过来又跑过去，跑过去又跑过来。看它跑，最好是俯卧在地上，眼光与地平线齐，驴在蓝天白云草紫芦花之间飞，美极了。跑也听你跑去，没有人管你，侉奶奶细着眼睛看得很有趣呢，可你别去嚼人家种在那儿的豆子，那你就有罪受的！大和二和六丁六甲似的追过来，一把捞住绳头子，拴到那棵踞满了毛毛虫的瘦骨伶仃的榆树上去了。顾家也是，为什么把绳子弄得那么长呢？散着，它要一脚一脚地，它会一圈一圈地绕着树转，（生成牵磨的命！）转到后来，摸不着来路了，于是把个驴子头吊了起来，上下不得，干瞪两眼，两眼翻白，斜睃着自己尾毛拂动。牛虻虻、麻苍蝇都来了。这就只有两条后腿还可以活动活动，方不致因为老站着而酥麻。腿膝里的两个黑疤疤就极其显眼地露了出来。老王说这是驴子的夜眼。驴子夜里能做事，瞎眼驴子一样骑，全靠这两个膏药心似的东西。然而他又说驴子生小毛病不吃药，用个小槌子在那里敲两下，重病也只需戳一勾被针，放出点紫血就行了。这就不对了：既是眼睛，则不能敲，不能戳。然而这到底是个什么东西？很想去摸摸这个甲虫壳似的黑疤，用指头弹弹必会叽叽地响的。还是先把它解下来吧，它腿上肉一牵一牵地跳，筋都涨起来了。——这畜生真不知好歹！狗咬吕洞宾，驴要踢我。我不知搭救了它多少次了。

　　而且家里一吃粽子，我即把箬叶跟小莲一齐来送给它吃，驴特别爱这东西。小莲告诉我，须仔细捡去裹粽子的麻丝，说吃下去要缠住肚肠子。我不信，（当然不通，难道会吃到肠子外头去吗？）小莲说："骗你干什么！大和说的，不信你去问。"我才不问，捡去就是了！小莲一片一片地送在它的嘴里，看它吃。小莲喜欢这驴，她日后将忘不了这驴。小莲你嫁给大和得了，嫁过去整天用箬叶喂驴！我心里想，不敢说出来，我怕小莲哭。我看小莲，小莲一条辫子，越来越长了。我说：

"小莲，我给它吃。"

小莲把盛箬叶的柳条畚箕给我。我想驴一定更愿意我喂。一片一片的，着急死了，我一次就是五六片，塞得它满嘴都是。而远远地叫过来了：

"那是我家的驴，踢了你我不管！"

"哎哟哎哟，什么宝贝驴！快来看看，只有一只耳朵了！"

这是老王说的。老王总是帮着我。老王来了，老王来挑水，我们一齐看过去，老王，我，小莲，为老王的话逗笑了的侉奶奶——

那边大喜鹊巢的老柳树上呢，大和跟二和。

大和二和每天下午到这里来。老王一见他们总要说：

"怎么着，又来放驴了？"

这是淘笑他们的话。只有放牛放羊叫"放"的,驴不能叫"放"。然而该怎么说呢?"看驴",怕也没有这么说的。老王另有个说法,"陪驴",这其实最对。他们实在是跟在驴后面也一溜烟跑出来玩玩而已。驴子比他们哥儿俩都懂事些,倒像顾大娘把儿子交给驴,驴子带头,领着他们到荒野里来一样。这时候他们累了半夜,一早上的爸爸要睡一会儿,他们在家一定闹得不得安生!

求 雨

昆明栽秧时节通常是不缺雨的。雨季已经来了，三天两头地下着。停停，下下；下下，停停。空气是潮湿的，洗的衣服当天干不了。草长得很旺盛。各种菌子都出来了。青头菌、牛肝菌、鸡油菌……稻田里的泥土被雨水浸得透透的，每块田都显得很膏腴，很细腻。积盖着的薄薄的水面上停留着云影。人们戴着斗笠，把新拔下的秧苗插进稀软的泥里……

但是偶尔也有那样的年月，雨季来晚了，缺水，栽不下秧。今年就是这样。因为通常不缺雨水，这里的农民都不预备龙骨水车。他们用一个戽斗，扯动着两边的绳子，从小河里把浑浊的泥浆一点一点地浇进育苗的秧田里。但是这一点点水，只能保住秧苗不枯死，不能靠它插秧。秧苗已经长得过长了，再不插就不行了。然而稻田里却是干干的。整得平平的田面，晒得结了一层薄壳，裂成一道一道细缝。多少人仰起头来看天，一天看多少次。然而天蓝得要命。天的颜色把人的眼睛都映蓝了。雨呀，你怎么还不下呀！雨呀，雨呀！

望儿也抬头望天。望儿看看爸爸和妈妈，他看见他们的眼睛是蓝的。望儿的眼睛也是蓝的。他低头看地，他看见稻田里的泥面上有一道一道螺蛳爬过的痕迹。望儿想了一个主意：求雨。望儿昨天看见邻村的孩子求雨，他就想过：我们也求雨。

他把村里的孩子都叫在一起，找出一套小锣小鼓，就出发了。

一共十几个孩子，大的十来岁，最小的一个才六岁。这是一个枯瘦、褴褛、有些污脏的，然而却是神圣的队伍。他们头上戴着柳条编成的帽圈，敲着不成节拍的、单调的小锣小鼓：咚咚当，咚咚当……他们走得很慢。走一段，敲锣的望儿把锣槌一举，他们就唱起来：

小小儿童哭哀哀，
撒下秧苗不得栽。

巴望老天下大雨，

乌风暴雨一起来。

调子是非常简单的，只是按照昆明话把字音拉长了念出来。他们的声音是凄苦的，虔诚的。这些孩子都没有读过书。他们有人模模糊糊地听说过有个玉皇大帝，还有个龙王，龙王是管下雨的，但是大部分孩子连玉皇大帝和龙王也不知道。他们只知道天，天是无常的。它有时对人很好，有时却是无情的，它的心很狠。他们要用他们的声音感动天，让它下雨。

（这地方求雨和别处不大一样，都是利用孩子求雨。所以望儿他们能找出一套小锣小鼓。大概大人们以为天也会疼惜孩子，会因孩子的哀求而心软。）

他们戴着柳条圈，敲着小锣小鼓，歌唱着，走在昆明的街上。

小小儿童哭哀哀，

撒下秧苗不得栽。

巴望老天下大雨，

乌风暴雨一起来。

过路的行人放慢了脚步，或者干脆停下来，看着这支幼小的、褴褛的队伍。他们的眼睛也是蓝的。

望儿的村子在白马庙的北边。他们从大西门，一直走过华山西路、金碧路，又从城东的公路上走回来。

他们走得很累了。他们都还很小。就着泡辣子，吃了两碗苞谷饭，就都爬到床上睡了。一睡就睡着了。

半夜里，望儿教一个炸雷惊醒了。接着，他听见屋瓦上噼噼啪啪的声音。过了一会儿，他才意识过来：下雨了！他大声喊起来："爸！妈！下雨啦！"

他爸他妈都已经起来了，他们到外面去看雨去了。他们进屋来了。他们披着蓑衣，戴着斗笠。斗笠和蓑衣上滴着水。

"下雨了！"

"下雨了！"

妈妈把油灯点起来，一屋子都是灯光。灯光映在妈妈的眼睛里。妈妈的眼睛好黑，好亮。爸爸烧了一杆叶子烟，叶子烟的火光映在爸爸的脸上，也映在他的眼睛里。

第二天，插秧了！

全村的男女老少都出来了，到处都是人。

望儿相信，这雨是他们求下来的。

囚 犯

我们在河堤上站了一下，让跟我们一齐出城的犯人先过浮桥。是因为某种忌讳，不愿跟他们一伙走，还是对他们有一种尊重，（对于不幸的人、受苦难的人，或比较接近死亡的人的尊重？）觉得该让他们走在前头呢？两者都有一点吧。这说不清，并无明白的意识，只是父亲跟我都自然而然地停下来了。没有说一句话，觉得要停一停。既停之后，我们才相互看了一眼。父亲和我离隔近十年，重相接处，几乎随时要忖度对方举止的意义。但是含混而不刻露，因为契切，不求甚解。体贴之中有时不免杂一丝轻微嘲讽的，（不可救药的病症；嘲讽于哪一段时间？）但像刚才那么偶然一相视却是骨肉之情的微波，风中之风，水中之水。这瞬间一小过程使我们彼此有不孤零之感，似乎我们全可从一个距离外看得到这里，父亲和儿子，比肩而立，凡此皆微妙不可具说。——看来自自然然，好像什么都不为地站一站，好像要看一看对河长途汽车开来了没有，好像我要把提着的箱子放下来息一息力，我于此发现自己性格与父亲相似之处，纤细而含蓄。

我们差肩而立，看犯人过浮桥。

犯人三个，由两个兵押着。他们本来都是兵，现在一是兵，一是犯人了。一个兵荷老七九步枪，一个则腰里一根三号左轮，模样是个副班长。——凡曾度营伍生活者皆一眼可以看出副班长与班长举动神情之间有多大差异。班长是官，副班长则常顾此失彼地要维持他的官与兵之间的两难地位，有治人的责任感，有治于人的委曲，欲仰承，欲俯就，在矛盾挣扎之中他总站不稳，而显得窝囊可笑。犯人皆交叉着绑着肩胛，背后各有长绳一根牵出，捏在后面荷枪的兵的手里。犯人也都穿着灰布军服，不过破旧污脏得多。但兵与犯人的分别还在于一个有小皮带，一个没有皮带约束而更无可假借地显出衣服的不合身。——不合身的衣服比破烂衣服更可悲悯。我忽然想起一个朋友怎么样也不肯换医院的"制服"。人格一半是衣服造成的，随便给你一件衣服就忽视了你是怎么一个人了。人要人尊重。两个犯人有帽子，但全戴得不是地方。一个还好，帽舌子歪在一边，虽然这个滑稽样子与他全身大不相称，但总算包住了他的头。另一个则没有戴实在，风一吹，或一根树枝挂一下即会落去的，看着很不舒服，令人有焦躁着急感，极想给他往下拉一拉。还有一个，则是科头，头发长得极蓊郁，（小时懒于理发，常被骂为"像个囚犯"，）很黑很黑，跟他的络腮胡子连为一片。倒是他还有点生气。他比较矮，但看起来还壮，虽经过折磨，还不是一下子即打得倒的人。（他们看样子不是新犯，已在大牢里关了不少日子，移案到什么地方，提出来的。）他脚步较重，一步一步还照着自己意志走，似乎浮桥因为他的脚步而有看得出的起伏。他眼睛张得大大的，坦率而稚气的，农民的眼睛，不很瞀乱惊惶，健康正常的眼睛，从粗粗的眉毛下看出去。他似乎不大忧伤，不大想他做过的事和明天的命运。他简直不大想着他是个犯人。他什么都不大想。一个简单淳朴的人。他现在若是想，想的是：我过浮桥。也许他还晓得到了对岸，坐一段汽车，过江，解到一个什么地方去，其余他就不知道了，也不大想知道。这段路好像他曾经走过几次，很熟，也许就是生长于这一带的，所以他很有自信地走着。要是除去绳索和罪名，他像个带路人，很好的带路人。他平日一定有走在第一个的习惯。现在他们让他走在第一个也非偶然。但形式上他得服从身边那个副班长的指挥，正如平日在部队受指挥一样。副班长与他之间并无敌意，好像都是按照规矩来，你押人，我被押，大家做着一件人家派下来的事情，无从拒绝，全非得已。他们要共走一段路，共同忍受颠簸，耽误，种种不快，（到任何地方去总望能早点到达，）也许还有点同伴之谊。——他们常默默，话沉得很深，但一路上来，总有时候要谈两句什么的吧。副班长没有一般下级军官的金牙，也没有那种可笑的狂傲。看样子他是个厚道人，他不时回头看看后面的犯人和那个荷枪的兵的眼色是可感的，好像问：走得动吗？哦，这两个犯人可不成了！他们面色灰败，一个惨白，一个蜡渣黄，折倒他们的细脖子，（领圈显得特别宽大，）已经撑不起他们的头。衰弱，虚乏，半透明，像是已经死过一次。他们机械地迁动脚步，踏不稳，不能调节快慢，每一脚都不知踏在什么地方。恐怕用怎么节奏明显的音乐也无法让他们走得合拍，他们已经不能受感染。他们已经忘了走路的方法。他们脑子里布满破碎的、阴暗的意象，这些意象永不会结构成一串完整思想，就一直搅动、摧残、腐蚀他们淡薄的生命。他们现在并不在恐怖中，但恐怖已经把他们淹透，而留下杂乱的痕迹。脸上永远是那个样子，嘴角挂下来，像总要呕吐，眼睛茫茫瞙瞙，缩缩怯怯。一切全惨淡，没有一个形体能在他们眼睛里留一鲜明印象。除了皮肉上的痛痒之外，似乎他们已经没有感觉；而且即使痛痒也模糊昏暗了。帽子歪戴的那一个，衣服上有一大片血渍，暗赤，如铁锈，已经不少日子。荷枪的兵也瘦高高的。虽然他打着绑腿，但凄哀的神情使他跟那两个戴帽子犯人成了一组。他不时把枪往上提一提，显然不大背得动，枪托子常常要敲着他的腿。因为那个络腮胡子犯人比较吸引我，所以对后面三个人没有能细看。

岸上人多注目于这个悲惨的队列。

他们已经过了河。

我忽然记了记今天是什么日子。

初春，但到处仍极荒凉。泥土暗。河水为天空染得如同铅汁，泛着冷冷的光。东北风一起，也许就要飘雪。汽车路在黑色的平野上。有两三只乌鸦飞。

城在我们后面，细碎的市声起落绸缪。好几批人从我们身边走下河堤。

父亲跟我看了一眼，不说话，我们过浮桥。

大家抢着上汽车。车站码头上顶容易教人悲观，大家尽量争夺一点方便舒服。但这样的场面见得也多了，已经不大有感触。等都上去了，父亲上去，然后是我。看父亲得到一个比较安稳站处，我看看有什么地方可以拉一拉我的手。而在我后面上来了那几个犯人。他们简直弄不清楚人家怎么把他们弄上来的。车门关上，车上人窜窜动动，我被挤到一个人缝里，勉强把一只脚放平，那一只则怎么摆都不是地方，我只有伸手捞着上面的杠子，把全身重量用一只胳臂吊起来。我想把腰伸伸直，可是实在不可能。好吧，无所谓，半个多钟头就到江边。我试一回头，勉强可以看到父亲半面，他的颧骨跟一只肩膀。父亲点点头，答说：我很好，管你自己吧。我想，在人群中你无法跟要在一起的人在一起，一冲一撞，拉得多牢的手也只有撒开。我就我的头可以转动的方向一巡视，那个矮壮犯人不知在什么地方。副班长好像没有上来，大概跟司机坐到一处去了，这点门槛他懂。那个荷枪的兵笔直地贴在车门犄角，一个乡下人的笠子刚刚顶在他的脸前面，不时要擦着他的鼻子，而逼得他一脸尴尬相。两个有帽子犯人，我知道，都在我身边。他们那里也不要在，既然已经关上了车，总就得有块地方，毫无主意的他们就被挤到这儿来了。什么地方对他们全一样，他们没有求舒服的心，他们现在根本不知道在什么地方。我面前是两个女客，她们是什么模样我才不在乎，有一个好像是个老太太。我尝试怎么样可以把肋骨放平正一点，而车子剧烈地摇晃了一下，一个身体往我背上一靠，他的手拉了一下我的衣服。是我身后那个犯人。什么样的一只手！又生满了疥疮，我皮肤一紧，这感觉是不快的。我本能地有一点避让之意。似乎我的不快立刻传过给他，拉了一下，他就放开了。他站不稳，我知道。他的胳臂无法伸直，伸直了也够不到杠子，而且这样英勇的生的争取的姿势根本就是他不会有的。他攀扶不到什么东西，习于被拨弄了。我正想我是不是不该避让，一面又向右顾看那另一个犯人的手无意识地划动了两下，第二下更大的晃动又来了，我蓦然有了个决定，像赌徒下出一注，把我的身体迎给他！他懂得，接受了我的意思，一把抓住了。这不难，在生活的不断的抉择之中，这样的事情是比较易于成就的，因为没有时间让你掂斤播两地思索。我并没有太用力激励自己。请恕我，当时我对自己是有一点满意的。我如此做并非因为全车人都嫌弃他们，在这么紧密的地方还远之唯恐不及，而我愤怒，我要反抗。我是个

鉴赏家

0
7
4

不大会愤怒的人，我也能知道人没有理由把不愉快事情往身上拉，现在是什么时代！我知道他身后必尚有一点空隙，我跟他说："你蹲下来。"蹲下来他可以舒服些。我叫右边那一个也蹲下来。这只是半点钟的事，但如果可能，我想不太伤劳我的那一只胳臂，他们一蹲下来，好像松动了一点，我可以挪一挪脚步了。可是当我偏了偏腰时，一只手上来拉住了我的袖子。我这才看了看我面前那个女客，二十大几，也许三十出头，一个粉白大团脸。她皱着眉头用两个指头拉我，我看了看那两个指头，不大方的指头，肉很多，秃秃的，一个鸡心形赤金戒指。好像这两个指头要我生了一点气，我想不理她，我凭什么要给你遮隔住这两个囚犯，一下了车你把早上吃的稀饭吐出来也不干我的事。然而我略偏了偏嘴，不大甘愿地决定了，就这么斜吊着身子吧，好在就是半个钟头的事。这才真是牺牲！我看了看那个老太太，真可怜，她偎在座位里，耗子似的眼睛看我的脸。那个梳着在她以为很时尚的头发的女人（她一定用双妹老牌生发油！）这才算放了心，努力看着窗外。

这个倒霉女人叫我嘲笑自己起来。这半点钟你好伟大，又帮助犯人，又保护妇女，你成了英雄！你不怕虱子，不怕疥疮，而且不怕那张俗气的粉脸，小市民的，涂了廉价雪花膏的胖脸！（老实说对着这样的脸比两个犯人靠在身上更不好受，更不幸。）——借了这半点钟你成了托尔斯泰之徒，觉得自己有资格活下去，但你这不是偷巧吗？要是半点钟延长为一辈子，且瞧你怎么样吧。而且这很重要的，这两个犯人在你后面；面对面还能是一样吗？好小子，你能够在他们之间睡下来吗？……

我相信这个车里有一个魔鬼。不过幸好我得用力挂住自己，我的胳臂的酸麻给解了一点围，我不陷在这些挑拨性的思索之中。我希望时间快点过去。

好了，果然快，车停了。我一心下去取那只箱子，我们得赶上这一班过江轮渡。

一切都已过去，女人，犯人，我的胳臂的酸麻，那些无用的嘲讽，全过去了！外面的空气新鲜得多。我跟父亲又在一起。

在船上，父亲要了个小房舱。是的，我们要舒舒服服坐一坐，还可以在铺上歪一歪。父亲递给我烟，划了火，那一壶茶已经泡开了，他洗了洗杯子，给我倒了一杯。我看着他用他的从容雍与的风度做这一切，但不想起来叫他让我来。我的背上不快之感又爬上来，虽不厚重，可有黏性，又似涂了一层油。喝了一口茶，忽然我心里涌起了一股真情。我想刚才在车上，父亲一定不时看一看我。我非常喜慰于我有一个父亲，一个这样的父亲。我觉得有了攀泊，有了依靠。我在冥冥蠢蠢之中所做事情似乎全可向一个人交一笔账，他则看也不看，即收下搁起了。他不迫胁我，不挑剔、不讥刺我，不用锋利的或钝缺的是非锯解我。他不希望、指导我做什么，但在他饱阅世故的眼睛，温和得几乎是淡漠的眼睛（我得坦白说，有时我为这种类似的淡漠所激恼，）远远地关注下，我成了一个人。我不过分糊涂，尤其重要的是也不太清楚，而且只能有点伤心地捐弃了我的夸张，使我的行为不是文字，使我平凡。——虽然，我还不知道到底该怎么活下去。今天晚上，我就要离开我的父亲，到一个大城市中去。

那几个犯人现在不知在哪里了，也许也在这只船上吧。我管不着了。那个科头犯人的样子我记在心里，大概因为他有一种美，一种吸力。我想他会在一个什么地方忽然逃跑了。他跑不了，那个副班长会拔出左轮枪不假思索地向他放射。犯人会死于枪下。我仿佛已经看到那幅图像。这是注定的，没有办法的悲剧。我心里乱起来。想起一个举世都说他对于人，对于人生没有兴趣，到末了躲到禅悟中去的诗人的话：

"世间还有笔啊，我把你藏起来吧。"

礼俗大全

这条河叫准提河，因为河上巷子里有一个小庵准提庵。这条巷子也就叫准提巷。出准提巷，在准提河上有一道砖桥，叫准提桥。准提桥是平桥，铺着立砖，两边白石栏杆。挺好看的。下雨天，雨水从准提巷流出来，流过桥面。这时候没有多少行人来往。偶尔听到钉鞋穿过巷子的声音，由近而远，让人觉得很寂寞。

这是一条不宽的河，孩子打水漂儿，嘬嘬嘬嘬，瓦片可以横越河面，由北边到南边，到河边一直窜到岸上。

吕虎臣住在河南边，挨着准提庵。河南边就只有这一家，单门独院，四面不挨人家。谁都知道，这是吕家，吕虎臣家。孩子都知道。

吕家人口简单。吕虎臣中年丧妻，没有再娶。没有儿子，只有个女儿。女儿叫吕蒄，小时候放鞭炮，崩瞎了一只左眼，因此整天戴了深蓝色的卵形眼镜。有个女婿叫李成模，菱塘桥人。女婿不是招赘的，而是从小和吕蒄订了婚，为了考大学，复习功课住到丈人家来的。小两口很亲热。吕蒄很好看，缺了一只眼睛还是很好看。他们每天都在门前闲眺，看人打鱼，日子过得很舒心自在。有一次互相打闹，吕蒄在李成模屁股上踢了一脚。正好吕虎臣从外面回来，装得很生气："玩归玩，闹归闹，哪有这样的闹法的！叫过路人看见了笑话！"吕蒄和李成模一伸舌头。

吕虎臣在家的时候少，在外面的时候多。

河北岸，正对着准提巷，是方家。方家的大人去世早，留下一儿一女，兄妹二人相依为命。哥哥方继淦在一个工厂当会计。抗战爆发后随厂到了重庆。妹妹方景心高气傲，一心想读大学，但读了初中，就没有再升学，留在家乡，在一个电话公司当接线员（由于吕虎臣的介绍），她很不甘心。而且医生发现她得了肺结核：全身无力，每天下午面色潮红，有时还咯两口血。她连班都上不了了，只好在家休养。吕虎臣和方家是亲戚，又和方景的父亲的父亲同过学（都是邑中名士杨渔隐的学生），对方景很关心。方景爱靠在栏杆上看准提河的水，一看半天。吕虎臣看见，总要走过去安慰她几句，他怕方景会一时想不开。方景看看吕虎臣，说："大姨夫（她总是叫吕虎臣大姨夫），我不会跳下去的！您放心！"——"那好，那好！你不要灰心，你的日子还长着哪！等身体好了，你还可以飞得高高的！"——"谢谢你大姨夫！"吕虎臣知道方景生活艰难，只靠哥哥辗转托人带一点钱来，有时给她一点帮助。看病的诊费、买药的药钱都由吕虎臣代付了（写在吕虎臣的账上了）。

方景长得黑黑的，眉毛、眼睫毛都很重，眼睛亮晶晶的，走路时脑袋爱往一边偏，是个很好看的黑姑娘。

吕虎臣和城里的几大户，马家、杨家、孙家都是亲戚，时常走动。尤其和孙家是至亲。孙家有什么事，婚丧嫁娶，需要吕虎臣来借箸代筹，一请就到，不请也到。吕虎臣对孙家的世谊姻亲，了如指掌。一切想得很周到，绝对落不了褒贬。他和孙家男女上下都非常熟悉。孙家的姑奶奶都跟他很亲热，爱听他说话。姑奶奶都叫他"虎臣大哥"。吕虎臣有点齉鼻子，说话瓮声瓮气，但是听起来很诚恳。

这孙家是有点特别的人家。既不像马家一样是冠盖如云的大绅士，也不像杨家功名奕世，出过几个进士，他家有些田产，并不很多，但是盖的房子却很讲究。东西两座大厅，磨砖对缝，厅前是一片很大的白矾石的天井。靠东围墙是一间大书房，平常不用；靠西一间小书房，壁橱里摆着古玩瓶盘，是四姑奶奶的绣房，这是名副其实的"绣房"，四姑奶奶不久即将出嫁，她整天在小书房里绣花。

孙老头儿名筱波，但是满城人都叫他"孙小辫"，因为他一直留着一条黄不黄白不白的小辫子，辫根还要系一截红头绳。

孙小辫不喜欢花鸟虫鱼，却喂了一对鹤——灰鹤。这对灰鹤在四姑奶奶绣房后面的假山跟前老是踱来踱去，时不时停下来剔剔翎毛，从泥里搜出一根蚯蚓吃掉。孙家总是很安静，四姑奶奶飞针走线，绣花针插进绣绷的声音都听得很清楚。

孙筱波的另一特别处是把一位名士宣瘦梅请到家里来教女儿读书。这位宣先生能诗能画，终身不应科举。他教女学生不是读"女四书"之类，而是诗词歌赋。孙家的女儿都能通背《长恨歌》《琵琶行》《董西厢》：

碧云天，

黄花地，

秋风紧，

北雁南飞，

晓来谁染霜林醉？

都是离人泪。

孙家女儿都有点多愁善感。孙小辫为什么让宣先生教女儿这些东西，令人百思不得其解。但是男女老少又都会背一篇东西。这篇东西说古文不是古文，说诗词不是诗词，说道情不是道情，不俗不雅，不文不白，是一种奇怪的文体：

三子三鼎甲，

五婿五传胪。

鼎甲本不贵，

贵的是三子三鼎甲；

传胪本不难，

难的是五婿五传胪。

齐家治国平天下，

儿辈承当。

这些事，

老夫也管些儿个：

竹篱石井，

鹤食猴粮。

　　这算是什么东西呢？是谁的作品？不知道。有人说这是孙筱波作，经宣瘦梅润色过的。这表达了谁的思想？是孙筱波的还是宣瘦梅的？不知道。但是孙家男女老少全都会摇头晃脑地高声背诵，俨然这写的就是孙家。怎么可能呢？"三子三鼎甲""五婿五传胪"，哪里会有这样的人家！这只能说是孙筱波的白日梦，或孙家一家的白日梦。孙家不是书香世家，却以世家自居。几个姑奶奶尤其是这样，说起话来引经据典，咬文嚼字，似乎很高雅。女人而说"雅言"叫人很反感。

　　孙筱波得了一种怪病，两脚不能下地，一着地就疼得不得了。找了几个医生，内科、外科切脉服药，都不见效。吕虎臣来看他，孙筱波说："这是无名之病，势将不治矣！"吕虎臣叫他把袜子脱了，看了看，说："嘻！"原来是他平常不洗脚，洗脚也不剪趾甲，趾甲反屈弯曲，抠进了脚心，那着地还有不疼的？吕虎臣到澡堂里请来一位修脚师傅，师傅用几把刀给他修了脚，

鉴赏家

0
8
4

他下地走了几步，没事了！

不久，孙筱波真的病了。没几天就呜呼哀哉，伏维尚飨了。也没有什么大病，心力衰竭，老死的。盛殓之后，因为日本人已经打到离县城不远，兵荒马乱，难以成礼，经子女亲戚计议，决定移枢三垛镇，六七开吊。当然得惊动吕虎臣。吕虎臣头两天就到了三垛，料理一切。

吕虎臣是个礼俗大全，亲戚朋友家有婚丧嫁娶，必须请他到场，擘画斟酌。

做寿倒没他什么事，他只是看看寿堂：这家有一幅吕纪的豹（报）喜图应该挂在正面、寿屏的次序有没有挂错、寿联的上下联颠倒了没有、陈曼生汪琬的对联应该分挂在不同地方；来客应于何处待茶、何处吸烟，都得安排妥当了。开宴时席位的尊卑长幼更得有个讲究。吕虎臣左顾右盼，添酒布菜，三杯寿酒是绝对喝不安生的。

办喜事，吕虎臣事不多。找一个胖小子押轿；花轿到门，姑爷射三箭；新娘子跨火、过马鞍……直到坐床撒帐，这都由姑奶奶、姨奶奶张罗，属于"妈妈令"，吕虎臣只关心一件事，找一位"全福太太"点燃龙凤喜烛。"全福太太"即上有公婆父母，下有儿女的那么一个胖乎乎的半大老太太。这样的"全福人"不大好找。吕虎臣早就留心，道一声"请"，全福太太就带点腼腆，款款起身，接过纸媒子，把喜烛点亮，于是洞房里顿时辉煌耀眼，喜气洋洋。

最麻烦复杂的是办丧事。一到三垛，进了门，吕虎臣就问："已经请了李菜了没有？"——"请了，请了！明天上午派船，三老爷擦黑准到！"——"那好！要派妥当的人去！"——"没错您哪！"——"准备云土！"——"是！"

李菜抽大烟，而且必须是云土。

吕虎臣第一件事是用一张白宣纸，裁成四指宽、一尺多长，写了三个扁宋体的字：盥洗处，贴好了，检查检查"初献、亚献、终献"的金漆小木屏，察看了由敞厅到灵堂的道路，想了想遗漏了什么事。

"开吊"有点像演戏。"初献""亚献""终献"，各有其人。礼生执金漆小屏前导，司献戚友踱方步至灵前"拜"——"兴"，退出。"亚献""终献"亦如此。这当中还要有"进曲"，一名鼓手执荸荠鼓，唱曲一支，内容多是神仙道化，感叹人世无常；另二鼓手吹双笛随。以后是"读祝"，即读祭文，祭文不知道为什么叫作"祝"。礼生高唱"读祝者读祝"，一个嗓音清亮、声富表情的亲戚（多半是本地才子）就抑扬顿挫，感慨唏嘘地朗读起来。有人读祝有名，读到沉痛婉转处可令女眷失声而哭。其实"祝"里说的是什么，她们根本不知道，只是各哭其所哭。"祝"里许多词句是通用的，可以用之于晴雯，也可以用之于西门庆。

"开吊"最庄严肃穆的一个节目是"点主"。"神主"枣木牌位上原来只写某某之"神王"，主字上面一点空着，经过一"点"，显考或先妣的灵魂就进入牌内，以后这小木牌就成了显考先妣们的代表。点主要请一位官大功高的耆宿。李菼是常被请的。他点过翰林，在本县可说是最高功名。他脸上有几颗麻子，仆人们都叫他"李三麻子"，因为他架子大，很不好伺候。

礼生高唱："凝神——想象，请加墨主！"李菼就用一支新笔添了墨在"神王"上点了一个瓜子点。"凝神，想象，请加朱主。"李三麻子用白芨调好的朱砂，盖在"墨主"上。于是礼成。

"凝神——想象"，这是开吊所用的最叫人感动、最富人情味的、最艺术的语言，其余的都只是照章办事，行礼如仪而已。

孙筱波的丧事把吕虎臣累得够呛。没想到这是他一生中操办的最后一件丧事。

吕虎臣送客回来，摔了一跤，当时口眼歪斜，中风失语。他自己知道，这一回势将不救。——他曾经中过一次风，这回是复发了。中风最怕复发。他脑子还清楚，也还能含含糊糊、断断续续交代几句后事：

　　　　时值兵燹，人心惶惶，不要惊动亲友，殓以常服，薄葬，入土为安；
　　　　不要通知吕蕊。吕蕊已经结婚怀孕，在菱塘桥婆婆家生孩子，不能受刺激，等她生养休息后再慢慢告诉她；
　　　　遗著一卷，有机会刻印若干本送人。

　　他的遗著是：

婚丧
礼俗大全
嫁娶

　　吕蕊回来，看到父亲的新坟，扑上去号啕大哭，把坟土都湿了一圈，怎么劝也劝不住。
　　陪着吕蕊一起哭的，是方景。

职业（二）

文林街一年四季，从早到晚，有各种吆喝叫卖的声音。街上的居民铺户、大人小孩，大学生、中学生、小学生、小教堂的牧师，和这些叫卖的人自己，都听得很熟了。

"有旧衣烂衫找来卖！"

我一辈子也没有听见过这么脆的嗓子，就像一个牙口极好的人咬着一个脆萝卜似的。这是一个中年的女人，专收旧衣烂衫。她这一声真能喝得千门万户开，声音很高，拉得很长，一口气。她把"有"字切成了"一——尤"，破空而来，传得很远（她的声音能传半条街）。"旧衣烂衫"稍稍延长，"卖"字有余不尽：

"一 ——尤旧衣烂衫……找来卖……"

"有人买贵州遵义板桥的化风丹……？"

我从此人的吆喝中知道了一个一般地理书上所不载的地名：板桥，而且永远也忘不了，因为我每天要听好几次。板桥大概是一个镇吧，想来还不小。不过它之出名可能就因为出一种叫化风丹的东西。化风丹大概是一种药吧？这药是治什么病的？我无端地觉得这大概是治小儿惊风的。昆明这地方一年能销多少化风丹？我好像只看见这人走来走去，吆喝着，没有见有人买过他的化风丹。当然会有人买的，否则他吆喝干什么。这位贵州老乡，你想必是板桥的人了，你为什么总在昆明待着呢？你有时也回老家看看吗？

黄昏以后，直至夜深，就有一个极其低沉苍老的声音，很悲凉地喊着：

"壁虱药！虼蚤药！"

壁虱即臭虫。昆明的跳蚤也是真多。他这时候出来吆卖是有道理的。白天大家都忙着，不到快挨咬，或已经挨咬的时候，想不起买壁虱药、虼蚤药。

有时有苗族的少女卖杨梅、卖玉麦粑粑。

"卖杨梅——！"

"玉麦粑粑——！"

她们都是苗家打扮，戴一个绣花小帽子，头发梳得光光的，衣服干干净净的，都长得很秀气。她们卖的杨梅很大，颜色红得发黑，叫作"火炭梅"，放在竹篮里，下面衬着新鲜的绿叶。玉麦粑粑是嫩玉米磨制成的粑粑（昆明人叫玉米为苞谷，苗人叫玉麦），下一点盐，蒸熟（蒸出后粑粑上还明显地保留着拍制时的手指印痕），包在玉米的嫩皮里，味道清香清香的。这些苗族女孩子把山里的夏天和初秋带到了昆明的街头了。

……

在这些耳熟的叫卖声中，还有一种，是：

"椒盐饼子西洋糕！"

椒盐饼子，名副其实：发面饼，里面和了一点椒盐，一边稍厚，一边稍薄，形状像一把老式的木梳，是在铛上烙出来的，有一点油性，颜色黄黄的。西洋糕即发糕，米面蒸成，状如莲蓬，大小亦如之，有一点淡淡的甜味。放的是糖精，不是糖。这东西和"西洋"可以说是毫无瓜葛，不知道何以命名曰"西洋糕"。这两种食品都不怎么诱人。淡而无味，虚泡不实。买椒盐饼子的多半是老头，他们穿着土布衣裳，喝着大叶清茶，抽金堂叶子烟，泛览周王传，流观山海图，一边嚼着这种古式的点心，自得其乐。西洋糕则多是老太太叫住，买给她的小孙子吃。这玩意好消化，不伤人，下肚没多少东西。当然也有其他的人买了充饥，比如拉车的，赶马的马锅头①，在茶馆里打扬琴说书的瞎子……

卖椒盐饼子西洋糕的是一个孩子。他斜挎着一个腰圆形的扁浅木盆，饼子和糕分别放在木盆两侧，上面盖一层白布，白布上放一饼一糕作为幌子，从早到晚，穿街过巷，吆喝着：

"椒盐饼子西洋糕！"

这孩子也就是十一二岁，如果上学，该是小学五六年级。但是他没有上过学。

我从侧面约略知道这孩子的身世。非常简单。他是个孤儿，父亲死得早。母亲给人家洗衣服。他还有个外婆，在大西门外摆一个茶摊卖茶，卖葵花子，他外婆还会给人刮痧、放血、拔罐子，这也能得一点钱。他长大了，得自己挣饭吃。母亲托人求了糕点铺的杨老板，他就做了糕点铺的小伙计。晚上发面，天一亮就起来烧火，帮师傅蒸糕、打饼，白天挎着木盆去卖。

"椒盐饼子西洋糕！"

---

① 马锅头是马帮的赶马人。

这孩子是个小大人！他非常尽职，毫不贪玩。遇有唱花灯的、耍猴的、耍木脑壳戏的，他从不挤进人群去看，只是找一个有阴凉、引人注意的地方站着，高声吆喝：

"椒盐饼子西洋糕！"

每天下午，在华山西路、逼死坡前要过龙云的马。这些马每天由马夫牵到郊外去遛，放了青，饮了水，再牵回来。他每天都是这时经过逼死坡（据说这是明建文帝被逼死的地方），他很爱看这些马。黑马、青马、枣红马。有一匹白马，真是一条龙，高腿狭面，长腰秀颈，雪白雪白。它总不好好走路。马夫拽着它的嚼子，它总是腰腰袅袅的。钉了蹄铁的马蹄踏在石板上，郭嗒郭嗒。他站在路边看不厌，但是他没有忘记吆喝：

"椒盐饼子西洋糕！"

饼子和糕卖给谁呢？卖给这些马吗？

他吆喝得很好听，有腔有调。若是谱出来，就是：

$$| \; {}^\sharp 5 \; 5 \quad 6 -- \; | \; 5 \; 3 \; \overset{\frown}{2} \; -- \; \|$$

椒盐饼子　　西洋糕

放了学的孩子（他们背着书包），也觉得他吆喝得好听，爱学他。但是他们把字眼改了，变成了：

昆明人读"饼"字不走鼻音，"饼子"和"鼻子"很相近。他在前面吆喝，孩子们在他身后模仿：

"捏着鼻子吹洋号！"

这又不含什么恶意，他并不发急生气，爱学就学吧。这些上学的孩子比卖糕饼的孩子要小两三岁，他们大都吃过他的椒盐饼子西洋糕。他们长大了，还会想起这个"捏着鼻子吹洋号"，俨然这就是卖糕饼的小大人的名字。

这一天，上午十一点钟光景，我在一条巷子里看见他在前面走。这是一条很长的、僻静的巷子。穿过这条巷子，便是城墙，往左一拐，不远就是大西门了。我知道今天是他外婆的生日，他是上外婆家吃饭去的(外婆大概炖了肉)。他妈已经先去了。他跟杨老板请了几个小时的假，把卖剩的糕饼交回到柜上，才去。虽然只是背影，但看得出他新剃了头（这孩子长得不难看，大眼睛，样子挺聪明），换了一身干净衣裳。我第一次看到这孩子没有挎着浅盆，散着手走着，觉得很新鲜。他高高兴兴，大摇大摆地走着。忽然回过头来看看。他看到巷子里没有人（他没有看见我，我去看一个朋友，正在倚门站着），忽然大声地、清清楚楚地吆喝了一声：

"捏着鼻子吹洋号！……"

（这是三十多年前在昆明写过的一篇旧作，原稿已失去。前年和去年都改写过，这一次是第三次重写了。一九八二年六月二十九日记）

锁匠之死

我们城里总是铳人。"铳"就是枪毙。不说是枪毙，说铳。你如果不说铳而说枪毙，城里人就觉得你要不是外边来的"外路码子"；要不，假如知道你的底细，知道你的祖宗三代，你的"骨头渣子"，你是本乡人而（他们以为）故意不说本乡话，撇"官腔"，哈呀，了不起！你这两个字触犯了他们，他们一定对你侧之以目，嗤之以鼻，努之以嘴，歧视你，恨你，对你有一种敌意。小城里的人都敏感得出奇，多疑善妒，脆弱的自尊心一来就碰伤了。他们随时听得出你声音里有些什么意思，随时觉得你笑他，看不起他，为了跟你对抗，他们在他们的城垣上增了更多的石头，把他们的固执堆积得更高。如你往大街上一看，随便问一句，"什么事情？——是不是又枪毙人？"人丛之中一定有一个十分严厉的声音直撞撞地发出来："铳人！"你没法奈何，你觉得他像是寻事找碴儿吧，他又可以说这是好意跟你搭话。你皱一皱眉毛，他那儿心里可笑开了。准保事后他一定跟人添油加醋地讲一气，把你形容得狼狈不堪。……好吧，就说是铳人。我们城里是个铳人铳得最多的地方，这简直是它的最大的特色。要是把这个特色取去，我想不出有什么可以代替它的。每年要是没有那么些人枪毙，我们的城是什么样子呢？我怕我要不认得它了。我的那些尊贵的同乡们的一部分情感当然要没有搁处了。于是我们的城加给我一层阴暗。说"最多"不无有点问题，但无论如何比别的地方要"重要"，影响要大。如果说我的印象不大准确，我告诉你，我的初级中学在县城东门城脚，东门外即是杀场。出东门有一木桥，桥下的水呼呼地流得很悲惨，本来叫作东门桥，但一般都称之为"掉魂桥"，言死囚过此桥上魂即掉去也。我们在上课，忽然远远听见许多人奔跑的声音，听见那种凄厉的单调的号声，一会儿汹汹涌涌地过去了。我们的心就沉下来，沉沉地撞击，紧紧地压得难受。枪响了，听得清楚是几个人，一人挨了几枪。冲起一阵喝彩的声音，再又是一阵杂沓的脚步，当中夹着一串整齐的，一队保卫团的兵，跑步，吹的号是凯旋号。有时适在下课时候，同学多随着去看。年纪都还小，很多在枪声一响的那一霎回过头来的。我则从未亲自去看过。不过有时进出东门，殷红的白，发了一点黑，破烂的尸首总会映到你眼睛里来。东门外有一个非常好的乘凉看书吹口琴放风筝的地方，有一棵极大的桑树，结了一树大紫桑葚，在摘下来要放进嘴的时候一想到枪一拨响的景象就会老大不自在，眼睛里涌出了恐怖。有一次，我刚从外面回到学校，要进校门，校门进不去了，全是人，堵得死死的，后面有人还拿了凳子爬上来看，就要来了，——又铳人。没有办法，只好站在前头。既然非看不可，我就好好地看一看。一共五个。我一个一个看过去。全是土匪。向来枪毙都是土匪。有一个，我认得！那是南门的一个锁匠。

这个锁匠有一个很好的百灵。我每次经过他门前时都要看一看。我记得他那个铺子的整个的样子。我记得他的样子。他有妻子老婆，有一个孩子。他家后头有个小院子，有一棵树，树长过屋脊，在外头就看得见。……现在，这是他。他就要去枪毙了。他坐在一个柳条篮子里，被两个扛夫抬着，这样子很滑稽。滑稽得教人痛苦。是他！他没有变样子，不，这不是他。他怎么会，怎么会，是这个样子呢。你猜我当时想的什么？我想做皇帝。我想九更天，闻太师，——我想我一点也不能救他。我白着脸站在那里。等门口人滚滚地插进跟在后面的队伍里去，松了，露出了大门，我走进去。我一个人坐在空空的学校里的空空的教室里，半天半天。一直到听见有人在隔壁弹风琴。我是个孩子！但是别笑我，那个锁匠是个了不得的人，了不得的锁匠。他的铺子，我傍晚经过时特为看了一看，果然，知道是，关上了。当然一定是关了多少日子了，我早就知道，早就听说，早就看见的。然而以前好像这是不可靠的，不真实，不明明白白的，现在，完了，哗然地摆在我面前。排门上两道封条，十字交叉，白纸黑字，县政府封，月日，一颗大朱印。有一根柱子有点歪。

　　他的罪名是跟匪有来往，通匪。跟匪有来往不一定就是通匪。但在我们地方上人看起来没有什么两样。至少愿意他没有两样。他的情形也比较特别一点。……主要是因为他住的地方。他住在简直是城中心，往南往北都没有几步即是闹市和富宅。这简直不得了，给他们的威胁太大了，不等于是匪都住在家里来了？随时就有危险，嘿！他们容不得这么一个大胆的人，而且那么一个聪明人，那么有心眼，机灵。而且，他倒真稳哪，一点都看不出来。看他那样子，哪里像个通匪的人，像个匪呢？（直截指之为匪了。）还怪和气的，怪规规矩矩，说话，待人，哪一样不好好的？天天还都见面呢！——谁料得到他里头是这么样的险！奸！他们气愤了，他们觉得他顶可恨的是他们被他蒙住了，他们像个三岁孩子似的被人欺负了，他们冤！于是从前对他的好感漫无节制地增高起来，他们简直把他说成了神，什么不可能的，平常绝不有人相信的事情大家全都相信了，临时现抓，越编越多，越编越长，越编越有声有色，委委曲曲，原原本本，一大套变成理由和证据，——杀他！因为，他们不为什么也希望他被杀，希望有人被杀，他们要创造出这么一个人。这回花样翻新，异于往常，有趣。

他是个锁匠。姓王，一般称之为王锁匠，或锁匠小王。从前，他是个挑锁匠担子的。但锁匠担子常常也称为铜匠担子，锁匠也是一种铜匠，而且与真正的铜匠有一部分的工作是相同的，简直大部是相同的。所以王锁匠未始不可以称为王铜匠。比如北平市口角有一个矮子铜匠，职业性质与王锁匠全无二致，而人不称之为矮子锁匠，而称之为矮子铜匠。王锁匠的"锁"字有一点标榜的意思，因为他配锁配得特别好。你见过那种锁匠担子吗？长方的两个木箱子，底微阔大，渐上渐小，四边都是梯形。一边一个，挑着时咔——咔，咔——咔的响声，箱子上头有个架子，横挂一长串钥匙之类，互相擦击，发出声音，极有节奏。这种担子跟修洋灯洋伞的，补锅的，锡匠的担子都如同兄弟，有一种渊源，一种亲切的关系，都是小时候常常会让我把急切的脚步放缓，让我嗒焉如有所失，毫无目的跟着他看着他半天的。"补锅，——"叮当当叮，叮当当叮，叮当当叮当当叮当当叮，……有一种特殊响器，很多的精铁长片串在一起，撒开来一齐哗啦啦放出去，又趁手一带收回来，折成一叠，这有个名字的，叫作什么什么子，……哎呀，我怎么会又想不起来呢，我都闹不清究竟该往谁的手上搁了。不过锁匠担子常常有的是固定地顿在一处，等人来就教。木箱的一头各有许多小抽屉。我多想把那些小抽屉一个一个地抽出来看看啊。这些小库房里简直是包罗万象，用之不竭。并不乱搁的，每一格都是一定有东西。那每一个锁匠担子都是完全一样的。这一个锁匠跟那个锁匠若是换一副担子用一两天绝对没有问题，没有什么不方便。不，一两天是可以的，多了不成，器物各有不同性格，用惯了自己的用别人的不顺手，不如意。——都是这样，所有的这种担子都有一定的秩序。甚至皮匠担子。我从前以为皮匠担子总是砧子木板乱搁的，才不，刀是刀的地方，锤是锤的地方，麻线、黄蜡猪鬃都占一定角落，甚至篮子上竹架子上夹的上底的牛皮马皮，大大小小，都挨着差不多的层次！顶要紧的是一把大锉。大。锉身有二尺多长，四四方方。一头一个木柄，抓在手上。一头是锉头，木制，圆的，顶头饱出，作球状，套在一个固定在木箱上的铁环里。锁匠坐在一个马扎子上，吭哧吭哧拉那锁。锉钥匙，锁匠，锉别的东西。磨锉金属的声音本来是不大好听的声音，但如果那个锁匠，我不讨厌，我听惯了，而且可以毫不勉强地说，我喜欢。是的，那是沉着痛快、锲而不舍、坚决而持实的声音，一锉下去，拉回来往下再一推，铜屑子灿烂地撒下来，那边，那个东西上一道槽子，生新的一条一条痕迹。锉高一点，低一点，偏一点，侧一点。手里控着的东西转着方向，嘎吱嘎吱，嘎吱嘎吱成了。这是最诚实的、最好的广告。"喂，拿过来试一试。"一把死了的锁，郭嗒，开了。再试试，锁起来，郭嗒，开了；郭嗒，开了。好。因此有多少人少做许多着急的梦了。一年丢了钥匙的倒也不少噢？这些钥匙都到哪里去了呢？锁匠有许多旧钥匙是哪里来的呢？只见人拿了锁来配钥匙，拿了钥匙来配锁的不多吧？锁匠开得的锁多，不一定钥匙，有一根铁丝弯。来弯去的大多数锁都不费事。据说一个小偷学习他的行业之前必先学做木匠、瓦匠，懂得房屋路径构造，撬椽子挖洞，爬高走险，还得学两年锁匠。而捉到过好多小偷，说是都是由锁匠出身的。所以，王锁匠的事犯以后，有人说，他在没有"大做"之前一定还摸过几家子。偶尔捞一点外水，并不长做，不在地保面前挂号，手脚紧密，不露破绽，没有人知道。有两笔肥的呢，不然，就吭哧吭哧，他就开得起铺子来了？这么多锁匠呢，为什么他们都拉一辈子大锉？——害，你，你叫王锁匠给你配过钥匙没有？哈！你运气！你知道你担了多大的风险啊，他是，什么锁到他手里就听他的话的啊，见过一把锁就忘不了的啊，弹簧弹子德国钢锁都开得开的啊！啧！——走局。你丢过东西？——没有？——可惜。

王锁匠后来开了个铺子。一个正式的铜匠铺子。这就是说他有三根铜苗子坐镇在橱架上。铜匠店总得有这个东西，也有一种义务，到附近邻居，这一坊一保有火灾，得把这几根铜苗子借出来，扛出去，帮同救火。铜苗子看见过没有？跟个大望远镜似的，构造原理与小孩子玩的水唧唧子同。这东西的威力当然不如水龙大，但有时小火，专对一个近身方向也甚有用。而且，轻，方便，灵活，火头转到哪里马上就迎得上去。铜匠店不知是不是因为整天叮叮咚咚吵扰了街坊，故做了这个东西，防其不测，作为补报？城里熟悉掌故的不但说得出各坊老龙的性格，且亦能历历说出一家一家铜匠店的水苗子的历史，说得出他们的样子，说得出某次某天他所尽的力，建的功。跟那些龙一样，有些苗子都渐渐有了神性，供放在家里轻易不触动，甚至也烧香叩头，隔一个相当时候须"请"出来校验校验。王锁匠家的一根特长苗子，一两次之后即显出不凡。更值得感谢的是他亲自出没火场施救时的勇敢和机敏。对面那一家豆腐店，母女两个，不是他，不是那根苗子，早完了。……从此王锁匠的工作不是，不单是锉，而是打了。一块紫铜板，噔噔噔噔，能够打成一把水吊子，简直是不可想象的事！一个铁砧子，铜板放在上头，一锤子，一锤子，一锤子下去，红粉粉的铜上一个光溜溜的紫麻子。噔，一锤；噔，一锤。不是死命地砍，巧巧的，一着到立刻就反弹了回来，耍耍停停。手下铜板渐渐转移得每两点之间距离一定，麻子都是整整齐齐的。转着转着圆了，转着转着窝过来，有意思！打水吊子，打铜盆，打水镟子、酒镟子，打脚炉，打五更鸡、莲子井。水吊子一把一把吊在屋梁上，水镟底朝外倚在架子上，又光又圆。他也作福禄寿喜字，立鹤芝鹿烛台。也磨松鼠葡萄双鲤鱼，赛银帐钩。做的油灯盏。做铜笔帽，做墨盒。我的墨盒、笔帽都是他家买的。笔帽是玉山号笔店买的，但是他家做的，他也还做锁，大大小小、各种各样的锁。还配钥匙，到他那里配钥匙的人多。他生意很好。可是新开的店也并不光鲜，老房子，比一般大铜匠铺子小，说正式也并不大正式，还是一样"小本营生"，只有两个小徒弟，另外就是他自己，店也没有什么陈设，暗暗的，墙上砖块的印子在薄薄一层石灰水后里骨露出来，木头上并未髹漆，碎砖地，招牌是纸写的，正面墙上有一个红福字。廊檐台阶有一两块砖头常常是缺的。我们一次一次从他的廊檐下走，一次一次脚下的路线为这个缺口一绊。一遇到这种缺口我们就想踩他两脚再踩下两块来的，可是王锁匠家的廊檐台阶总是缺那么两块。他那个百灵笼子在头子，鸭嘴铜钩，百灵在台子上珠子似的唱。一只好百灵。王锁匠一大早起来添食换水，铺沙，到东门外学田上遛一转。

门关着。有缝，往里看，黑黢黢的。台阶上还是缺那么两块。好像比平常高，可是狭了，得歪着一点肩膀走。门槛是个两截的。一点声音都没有。一个蜘蛛在上

锁匠之死

1
0
5

头结网，风吹得网鼓鼓的。

我们城里后来来了好些机器，抽水机，榨油机，碾米机。来了好些"老桂"，不知道为什么管理机器的工头叫老桂。老桂也管修理机器。王锁匠斜对是一家米店，本来用骡子拉，后来改了，用机器。兴中公司三十二匹马力，很好。本来叫碾坊，改了名字叫了米厂了。老石碾子也在，不用了。起了一间房子，洋灰地。皮带盘，钢轴，车床，老虎钳，电磨石，螺丝洗，钢锯子，……王锁匠有兴趣极了。没有事他就溜到后头去看。老桂跟他混得很熟。老桂一个人，机器买了的时候由公司介绍跟了机器一起来的，没有一个朋友。他那一口话就没有人完全懂。他无聊极了，脾气大，动不动大发，要跟老板辞生意了。王锁匠听呀听的，他的话懂得八九成了。他试着撇着一点腔跟他攀谈，知道他许多事情，懂得他喜欢什么，讨厌什么。米厂里人多奇怪，嘻，这个机器人跟小王聊得挺好，不晓得说些什么，一聊一半天，指手画脚，点头磕脑！畜生也服一个人管，好了，这以后他要是再发脾气要小王跟他讲讲看。一讲，行！没事。于是只要老桂一毛了，赶紧，着人到对过叫小王。百试百验。小王把那些钳子锯子螺丝老虎渐渐地摸熟了。有时他在架子上拧、转、推、捺，老桂叨根烟卷笑眯眯地在一边看，"呱呱叫！呱呱叫！"店里哪一个人都学得像他那个"呱呱叫"。有时，机器出了毛病，老桂修，小王也挨肩跟他蹲着弄得两手黑油，一鼻子灰。机器开着，他也能拿个油壶添添油，抓一把纱衣这里那里擦擦。甚至他也在耳朵上夹一根铅笔，能够用半尺画简单的图。他有些东西借老桂的家伙做。老桂有些零件还得请他照样子配。托老桂他还订了几件简单工具，在店堂里装了起来。有一天老桂跟老板说想请假。老板慌了，赶紧叫小王来，没有什么事情他不高兴，这一阵子他样样都满意，不是胖了吗？他说他谢谢老板，他说店里上上下下他也知道，都是好人。不过他要请假，人家家里有事情。什么事情？——人家有个太太呀，来你们这儿两年多了，太太一个人睡！他说，回去看看，两个礼拜，就来。决不误你的事，说哪一天来就哪一天来。他的脾气，你们还不都知道？板板六十四，说一句是一句，准保，不会错。"那怎么行，怎么行！机器谁管，机器谁管！这玩意又不是骡子，不通人情，它要是发起蹶子来你又不能打它。不行，不行！""老王呱呱叫，老王可以管，老王跟我一样的一样的。"试验了一两天，老桂只看，不动手，老王果然弄得妥妥当当。好了，老王管！王锁匠管了两个礼拜，——果然老桂说一是一，一点没有出事。从此，老桂请假的回数就多起来，老板越来越答应得容易。他太太给他一年生一个孩子。

王锁匠实际上把他那爿铜匠店已经变成一个小工场。陆陆续续老桂帮他买。他自己也四处去踅摸，日积月累的，简直很像个样子了。他也装了一个小柴油马达，一根钢轴，小皮带，咕噜咕噜、吧嗒吧嗒见天地转。城里城外的老桂常上他那里坐，简直成了他们聚会的中心。他们有生意也多照顾他，要配个什么零件，他的许多老法子老工具倒还补这个城里机械实件不足。有的地方机器发生故障也来叫他去修。他忙得很，好精神。也有不少人不叫他王锁匠，叫他"老桂"了，"王老桂"。这是一个为很多人谈论的人物了，识与不识，都羡慕他。他那两个铜苗子还放在那里，放在老地方。大大地出了名则是在那一次。保卫团的一个连长的二膛盒子不知哪里坏了，不知怎么有一次在他店里喝茶谈起来，说可惜极了，这根枪还是徐大文的。——徐大文是这一带著匪，作案之多，枪法之准，子孙徒弟之广遍，在他死后近十年还常有人谈起。王锁匠好奇，说看怎么样？他也不知道怎么给他拆开来，七锉八挫配好了！那个连长欣喜若狂，无以为谢，当场在他店前放了三枪！

且让王锁匠也放三枪玩玩。这六枪！

王锁匠有一阵忽然不见了几天，后来又回来了还是一样，一样做他的事情。问他，说是乡下请他去修抽水帮浦的。后来隔这么三两个月就要出一次门。据说，哪里是下乡修水帮浦去了！乡下有水帮浦的不过是那么几处，也不能挨着个儿啊。坏，也不能尽来找他啊。正正经经的宅老桂有的是，要你……你个半路出家、似通不通的冒牌老桂！他啊！是叫土匪摇去的，给他们修枪去了！听说他还会造。既能修，就能制！还会造炮，迫击炮！有那广大本领吗？人倒是真鬼巧。嘻嘻，用到歪路上去了？人不能聪明，聪明人就不安分，再不，难保他不会造反。这种人，什么事情做不出来？天地君亲师，仁义理智信，一样都没有。既有今日，何必当初。当初挑个小铜匠担子，恍仓恍仓，也就不会有些朝了。人啊……真是：愚而安愚。既与土匪有来往，他就是匪，你能说他没有作过案？财迷心窍，心都横过来了，跟个挑子似的，放在桌上，嘴子朝着一边。——说起来，这几个匪也不义气，不值价，怎么就把他攀出来呢？既做了这事，怎么也不避一避？几个保卫团弟兄，走了去一搭就搭住了。没有话说，五花大绑，扎起来就走。

有的人又说，这件事内里有一桩风流案子，豆腐店那个女儿，进门寡，嫁过去没有几天，丈夫死了，在家里，哼，好不了。小王跟她有一手，米店老板也跟她有一腿子，一个钱，一个人。这就⋯⋯

　　他那个百灵挂在保卫团团部里，只听见叫，看不见。

喜　神

喜神即画像，这大概是宋朝人的说法。钱大昕《竹汀先生日记抄》："读宋伯仁《梅花喜神谱》……凡百图，图后五言绝一首，题曰'喜神'，盖宋时俗语，以写像为喜神也。"钱说未必准确。喜神我们那里现在还有这说法。宋伯仁画梅，只是取其神韵，"喜神"是诗意化了的说法，是从人像移用的。除了宋伯仁，也没有听说过称花卉画为喜神的。

作为人像的喜神图有两种。一种是生活像，即行乐图。袁枚《随园诗话》谓："古无小照，起于汉武梁祠画古贤烈女之像。而今则庸夫俗子皆有一行乐图矣。"行乐图与武梁祠画像，恐怕没有直接关系，袁枚盖亦揣测之词。自画或请人画小像，当起于唐宋，苏东坡即有小像。明清以后始盛行。"庸夫俗子皆有一行乐图矣"，是对的。我的外祖父即有一行乐图，是一横批。既是"行乐"，大都画得很闲适，外祖父的行乐图就是这样。他坐在一丛竹子前面的石头上，手执一卷书，样子很潇洒。其实我的外祖父是个很古板严厉的人，我从来没有看见过他坐在丛竹前的石头上，并且他从来不看一本书。

比行乐图更多见的喜神是遗像，北京人叫作"影"。画遗像的是专门的画匠，他们有一套特殊的技法。病人垂危，家里人就会把画匠请来。画匠端详着病人，用一张纸勾出他的脸型粗略的轮廓线条。回家在一张挖出一个椭圆的宣纸的椭圆处用淡墨画出像主的头像的初稿。照例要拿了初稿到"本家"去征求死者亲属的意见。意见总是有的，额头窄了、颧骨高了、人中长了……最挑剔的大都是姑奶奶。画匠把初稿拿回去，换一张新纸，勾了墨色较深的单线，敷出淡淡的肤色，"喜神"的头部就算完成。中国的传真画像的匠师有一套秘传的"百脸图"，把人的面部经过分析，定出一百种类型，画像时选定一种，对着真人，斟酌加减，画出来总是相当像的。我们县城里画像画得最好的是管又萍，他的画价也最贵。

"开脸"之后，画穿戴。男的都是补褂朝珠，颜色是一样的，只有顶子不能乱画。大红顶子、金顶子，不能乱来。常见的喜神上的顶子多半是蓝顶子、水晶顶子，因为这是不大的功名。女的则一律是凤冠霞帔。这有点奇怪，男女时代不同。喜神上的老爷是清装——袍套，太太则是明代的服装——凤冠霞帔是明代服装。据说这跟洪承畴的母亲有关。洪母忠于明室，死后顺治特许以明代命妇服装盛殓。以后就将此制度延续了下来。顺治开国，为了笼络人心，所颁圣谕或者可信。

画穿戴是很费工的，要画得很细致。曾见过一篇谈齐白石的文章，说他画的像能透过纱套，看得见里面袍子上的团龙。其实这是所有的画匠都做得到的，只要不怕麻烦。

管又萍画像只管"开脸"，画穿戴都交给了徒弟。他有两个徒弟，都是哑巴。他们也能"开脸"，只是不那么传神。

管又萍病重，自知不起，他叫两个徒弟给他画一张像。徒弟画好了，他看了看，叫徒弟拿一面镜子、一支笔来，他对着镜子看了看，在徒弟画的像上加了两笔。传神阿堵，颊上三毫，这张像立刻栩栩如生，神气活现。

管又萍放下画笔，咽了气。

一九九五年三月二十五日

道士二题

马 道 士

马道士是一个有点特别的道士，和一般道士不一样。他随时穿着道装。我们那里当道士只是一种职业，除了到人家诵经，才穿了法衣，——高方巾、绣了八卦的"鹤氅"，平常都只是穿了和平常人一样的衣衫，走在街上和生意买卖人没有什么两样。马道士的道装也有点特别，不是很宽大、很长——我们那里说人衣服宽长不合体，常说"像个道袍"——而是短才过胫。斜领，白布袜，青布鞋。尤其特别的是他头上的那顶道冠。这顶道冠是个上面略宽，下面略窄，前面稍高，后面稍矮的一个马蹄状的圆筒，黑缎子的。冠顶留出一个圆洞，露出梳得溜光的发髻。这种道冠不知道叫什么冠。全城只有马道士一个人戴这种冠，我在别处也没有见过。

马道士头发很黑，胡子也很黑，双目炯炯，说话声音洪亮，中等身材，但很结实。

他不参加一般道士的活动，不到人家念经，不接引亡魂过升仙桥，不"散花"（道士做法事，到晚上，各执琉璃荷花灯一盏，迂回穿插，跑出舞蹈队形，谓之"散花"），更不搞画符捉妖。他是个独来独往的道士。

他无家无室（一般道士是娶妻生子的），一个人住在炼阳观。炼阳观是个相当大的道观，前面的大殿里也有太上老君、值日功曹的塑像，也有人来求签、掷茭……马道士概不过问，他一个人住在最后面的吕祖楼里。

吕祖楼是一座孤零零的很小的楼，没有围墙，楼北即是"阴城"，是一片无主的荒坟，住在这里真是"与鬼为邻"。

马道士坐在楼上读道书，读医书，很少下楼。

他靠什么生活呢？他懂医道，有时有人找他看病，送他一点钱。——他开的方子都是一般的药，并没有什么仙丹之类。

他开了一小片地，种了一畦萝卜，一畦青菜，够他吃的了。

有时他也出观上街，买几升米，买一点油盐酱醋。

吕祖楼四周有二三十棵梅花，都是红梅，不知是原来就有，还是马道士手种的。春天，梅花开得极好，但是没有什么人来看花，很多人甚至不知道炼阳观吕祖楼下有梅花。我们那里梅花甚少，顶多有人家在庭院里种一两棵，像这样二三十棵长了一圈的地方，没有。

马道士在梅花丛中的小楼上读道书，读医书。

我从小就觉得马道士属于道教里的一个什么特殊的支派，和混饭吃的俗道士不同。他是从哪里来的呢？

前几年我回家乡一趟，想看看炼阳观，早就没有了。吕祖楼、梅花，当然也没有了。马道士早就"羽化"了。

五　坛

五坛是个道观，离我家很近。由傅公桥往东，走十来分钟就到。观枕澄子河，门外是一条一步可以跨过的水渠，水很清。沿渠种了一排柽柳。渠以南是一片农田，稻子麦子都长得很好，碧绿碧绿。五坛的正名是"五五社"，坛的大门匾上刻着这三个字，可是大家都叫它"五坛"。有人问路:"五五社在哪里?"倒没有什么人知道。为什么叫个"五坛""五五社"?不知道。道教对数目有一种神秘观念,对五尤其是这样。也许这和"太极、无极"有一点什么关系,不知道。我小时候不知道,现在也还是不知道。真是"道可道,非常道"!

五坛的门总是关着的。但是门里并未下闩,轻轻一推,就可以进去。

门里耳房里住着一个道童,管看门、扫地、焚香。除他以外,没有一个人,静悄悄的。天井两头种了四棵相当高大的树。东边是两棵玉兰,西边是两棵桂花。玉兰盛开,洁白耀眼。桂花盛开,香飘坛外。左侧有一个放生池,养着乌龟。正面的三清殿上塑着太上老君的金身,比常人还稍矮一点。前面是念经的长案,案上整整齐齐地排了一刊经卷。经案下是一列拜垫,盖着大红毡子。炉里烧的是檀香,香气清雅。

五坛的道士不是普通的道士,他们入坛,在道,只是一种信仰,并不以此为职业。他们都是有家有业,有身份的人,如叶恒昌,是恒记桐油栈的老板。桐油栈是要有雄厚的资金的。如高西园,是中学的历史教员。人们称呼他们时也只是"叶老板""高老师",不称其在教中的道名。

他们定期到坛里诵经（远远地可以听到诵经的乐曲和钟磬声音）。一般只是在坛里，除非有人诚敬恭请，不到人家作法事。他们念的经也和一般道士不一样，听说念的是《南华经》——《庄子》，这很奇怪。

五坛常常扶乩，我没有见过扶乩，据说是由两个人各扶着一个木制的丁字形的架子，下面是一个沙盘，降神后，丁字架的下垂部分即在沙盘上画出字来。扶乩由来已久，明清后尤其盛行。张岱的《陶庵梦忆》即有记载。纪晓岚《阅微草堂笔记》录了很多乩语、乩诗。纪晓岚是个严肃的人，所录当不是造谣。这究竟是怎么回事呢？我以为这值得研究研究，不能用"迷信"二字一笔抹杀。

每年正月十五后一二日（扶乩一般在正月十五举行），五坛即将"乩语"木板刻印，分送各家店铺，大约四指宽，六七寸长。这些"乩语"倒没有神秘色彩，只是用通俗的韵文预卜今年是否风调雨顺，宜麦宜豆，人畜是否平安，有无水旱灾情。是否灵验，人们也在信与不信之间。

关于五坛，有这么一个故事。

蓝廷芳是个医生，是"外路人"。他得知五坛的道士道行高尚，法力很深，到五坛顶礼跪拜，请五坛道长到他家里为他父亲的亡魂超度。那天的正座是叶恒昌。

到"召请"（把亡魂摄到法坛，谓之"召请"），经案上的烛火忽然变成蓝色，而且烛焰倾向一边，经案前的桌帏无风自起。同案诵经的道士都惊恐色变。叶恒昌使眼色令诸人勿动。

法事之后，叶恒昌问蓝廷芳：

"令尊是怎么死的？"

蓝廷芳问叶恒昌看见了什么。

叶恒昌说："只见一个人，身着罪衣，一路打滚，滚出桌帏。"

蓝廷芳只得说实话：他父亲犯了罪，在充军路上，被解差乱棍打死。

蓝廷芳和叶恒昌我都认识。蓝廷芳住在竺家巷口，就在我家后门的斜对面。叶恒昌的恒记桐油栈在新巷口，我上小学时上学、放学都要从桐油栈门口走过，常看见叶恒昌端坐在柜台里面。叶恒昌是个大个子，看起来好像很有道行。但是我没有问过叶恒昌和蓝廷芳有没有这回事。一来，我当时还是个孩子，二来这种事也不便问人家。

但是我很早就认为这只是一个故事。

而且这故事叫我很不舒服。为什么使我不舒服，我也说不清。

　　我常到五坛前面的渠里去捉乌龟。下了几天大雨，五坛放生池的水涨平岸，乌龟就会爬出来，爬到渠里快快活活地游泳。

　　《庄子》被人当作"经"念，而且有腔有调，而且敲钟击磬，这实在有点滑稽。

鹿井丹泉

"鹿井丹泉"是"秦邮八景"中的一景，遗址在今南石桥南。

有一少年比丘，名叫归来，住在塔院深处，平常极少见人。归来仪容俊美，面如朗月，眼似莲花，如同阿难——阿难在佛弟子中俊美第一。归来偶或出寺乞食，游春士女有见之者，无不赞叹，说："好一个漂亮和尚！"归来饮食简单，每日两粥一饭，佐以黄齑苦荬而已。

出塔院门，有一花坛，遍植栀子。花坛之外为一小小菜园。菜园外即为荆棘草丛，苍茫无际，并无人烟。

花坛菜圃之间有一石栏方井，井栏洁白如玉，水深而极清。归来每天汲水浇花灌园。

当归来浇灌之时，有一母鹿，恒来饮水。久之稔熟。略无猜忌。

一日归来将母鹿揽取，置之怀中，抱归塔院。鹿毛柔细温暖，归来不觉男根勃起，伸入母鹿腹中。归来未曾经此况味，觉得非常美妙。母鹿也声唤嘤嘤，若不胜情。事毕之后，彼此相看，不知道他们做了一件什么事。

不久，母鹿胸胀流奶，产下一个女婴。鹿女面目姣美，略似其父，而行步珊珊，犹有鹿态，则似母亲。一家三口，极其亲爱。

事情渐为人知，嘈嘈杂杂，纷纷议论。

当浴佛日，僧众会集，有一屠户，当众大吡骂：

"好你个和尚！你玩了母鹿，把母鹿肚子玩大了，还生下一个鹿女！鹿女已经十六岁了，你是不是也要玩它？你把鹿女借给兄弟们玩两天行不行？你把鹿女藏到哪里去啦？"

说着以手痛捆其面，直至流血。归来但垂首趺坐，不言不语。

正在众人纷闹，营营訇訇，鹿女从塔院走出，身着轻绡之衣，体被璎珞，至众人前，从容言说：

"我即鹿女。"

鹿女拭去归来脸上血迹，合十长跪。然后姗姗款款，走出塔院之门，走入栀子丛中，纵身跃入井内。

众人骇然，百计打捞，不见鹿女尸体，但闻空中仙乐飘飘，花香不散。

当夜归来汲水澡身迄，在栀子丛中累足而卧，比及众人发现，已经圆寂。

按此故事在高邮流传甚广，故事本极美丽，但理解者不多。传述故事者用语多鄙俗，屠夫下流秽语尤为高邮人之奇耻。因此改写。

一九九五年春节

感朝恩

我家廢園有大爆梅花
一株每下雪逗輒滿樹
染以花紅嘗戲能以天竹實
一二顆奉祖母神戲

一庭春雨瓢儿菜
满畦秋风
扁豆花
郑板桥句
五四年
曾祺

羊舍一夕

——又名：四个孩子和一个夜晚

一、夜　晚

火车过来了。

"216！往北京的上行车。"老九说。

于是他们放下手里的工作，一起听火车。老九和小吕都好像看见：先是一个雪亮的大灯，亮得叫人眼睛发胀。大灯好像在拼命地往外冒光，而且冒着气，嗤嗤地响。乌黑的铁，铮黄的铜。然后是绿色的车身，排山倒海地冲过来。车窗蜜黄色的灯光连续地映在果园东边的树墙子上，一方块，一方块，川流不息地追赶着……每回看到灯光那样猛烈地从树墙子上刮过去，你总觉得会刮下满地枝叶来似的。可是火车一过，还是那样：树墙子显得格外的安详，格外的绿。真怪。

这些，老九和小吕都太熟悉了。夏天，他们睡得晚，老是到路口去看火车。可现在是冬天了。那么，现在是什么样子呢？小吕想象，灯光一定会从树墙子的枝叶空隙处漏进来，落到果园的地面上来吧。可能！他想象着那灯光映在大梨树地间作的葱地里，照着一地的大葱蓬松的、干的、发白的叶子……

车轮的声音逐渐模糊成为一片，像刮过一阵大风一样，过去了。

"十点四十七。"老九说。老九在附近山头上放了好几年羊了，他知道每一趟火车的时刻。

留孩说："贵甲哥怎么还不回来？"

老九说："他又排戏去了，一定回来得晚。"

小吕说："这是什么奶哥！奶弟来了也不陪着，昨天是找羊，今天又去排戏！"

留孩说："没关系，以后我们就常在一起了。"

老九说："咱们烧山药吃，一边说话，一边等他。小吕，不是还有一包高山顶吗？坐上！外屋缸里还有没有水？"

"有！"

于是三个人一起动手：小吕拿砂锅舀了多半锅水，抓起一把高山顶来撮在里面。这是老九放羊时摘来的。

老九从麻袋里掏山药——他们在山坡上自己种的。留孩把炉子通了通，又加了点煤。

屋里一顺排了五张木床，连成一个大炕。一张是张士林的，他到狼山给场里去买果树苗子去了。隔壁还有一间小屋，锅灶俱全，是老羊倌住的。老羊倌请了假，看他的孙子去了。今天这里只剩下四个孩子：他们三个，和那个正在排戏的。

屋里有一盏自造的煤油灯——老九用墨水瓶子改造的，一个炉子。外边还有一间空屋，是个农具仓库，放着硫铵、石灰、DDT、铁桶、木叉、喷雾器……外屋门插着。门外，右边是羊圈，里边卧着四百只羊；前边是果园，什么都没有了，只剩下一点葱，还有一堆没有窖好的蔓菁。现在什么也看不见，外边是无边的昏黑。方圆左近，就只有这个半山坡上有一点点亮光。夜，正在深浓起来。

二、小　吕

小吕是果园的小工。这孩子长得清清秀秀的。原在本堡念小学，念到六年级了，忽然跟他爹说不想念了，要到农场做活去。他爹想：农场里能学技术，也能学文化，就同意了。后来才知道，他还有个心思。他有个哥哥，在念高中，还有个妹妹，也在上学。他爹在一个医院里当炊事员。他见他爹张罗着给他们交费、买书，有时要去跟工会借钱，他就决定了：我去做活，这样就是两个人养活五个人，我哥能够念多高就让他念多高。

这样，他就到农场里来做活了。他用一个牙刷把子，截断了，一头磨平，刻了一个小手章：吕志国。每回领了工资，除了伙食、零用（买个学习本，配两节电池……），全部交给他爹。有一次，不知怎么弄的（其实是因为他从场里给家里买了不少东西：菜、果子），拿回去的只有一块五毛钱。他爹接过来，笑笑说：

"这就是两个人养活五个人吗？"

吕志国的脸红了。他知道他偶然跟同志们说过的话传到他爹那里去了。他爹并不是责怪他，这句嘲笑的话里含着疼爱。他爹想：困难是有一点的，哪里就过不去呢？这孩子！究竟走怎样一条路好：继续上学，还是让他在这个农场里长大起来？

小吕已经在农场里长大起来了。在菜园干了半年，后来调到果园，也都半年了。

在菜园里，他干得不坏，组长说他学得很快，就是有点贪玩。调他来果园时，征求过他本人的意见，他像一个成年的大工一样，很爽快地说："行！在哪里干活还不是一样。"乍一到果园时，他什么都不摸头，不大插得上手，有点别扭。但没过多久，他就发现，原来果园对他说来是个更合适的地方。果园里有许多活，大工来做有点窝工，一般女工又做不了，正需要一个伶俐的小工。登上高凳，爬上树顶，绑老架的葡萄条，果树摘心，套纸袋，捉金龟子，用一个小铁丝钩疏虫果，接了长长的竿子喷射天蓝色的波尔多液……在明丽的阳光和葱茏的绿叶当中做这些事，既是严肃的工作，又是轻松的游戏，既"起了作用"，又很好玩，实在叫人快乐。这样的活，对于一个十四岁的孩子，不论在身体上、情绪上，都非常相投。

小吕很快就对果园的角角落落都熟悉了。他知道所有果木品种的名字：金冠、黄奎、元帅、国光、红玉、祝；烟台梨、明月、二十世纪；蜜肠、日面红、秋梨、鸭梨、木头梨；白香蕉、柔丁香、老虎眼、大粒白、秋紫、金铃、玫瑰香、沙巴尔、黑汗、巴勒斯坦、白拿破仑……而且准确地知道每一棵果树的位置。有时组长给一个调来不久的工人布置一件工作，一下子不容易说清那地方，小吕在旁边，就说："去！小吕，你带他去，告诉他！"小吕有一件大红的球衣，干活时他喜欢把外面的衣裳脱去，于是，在果园里就经常看见通红的一团，轻快地、兴冲冲地弹跳出没于高高低低、深深浅浅的丛绿之中，惹得过路的人看了，眼睛里也不由得漾出笑意，觉得天色也明朗，风吹得也舒服。

小吕这就真算是果园的人了。他一回家就是说他的果园。他娘、他妹妹都知道，果园有了多少年了，有多少棵树，单葡萄就有八十多种，好多都是外国来的。葡萄还给毛主席送去过。有个大干部要路过这里，毛主席跟他说："你要过沙岭子，那里葡萄很好啊！"毛主席都知道的。果园里有些什么人，她们也都清清楚楚的了，大老张、二老张、大老刘、陈素花、恽美兰……还有个张士林！连这些人的家里的情形，他们有什么能耐，她们也都明明白白。连他爹对果园熟悉得也不下于他所在的医院了。他爹还特为上农场来看过他儿子常常叨念的那个年轻人张士林。他哥放暑假回来，第二天，他就拉他哥爬到孤山顶上去，指给他哥看：

"你看，你看！我们的果园多好看！一行一行的果树，一架一架的葡萄，整整齐齐，那么大一片，就跟画报上的一样，电影上的一样！"

小吕原来在家里住。七月，果子大起来了，需要有人下夜护秋。组长照例开个会，征求大家的意见。小吕说，他愿意搬来住。一来夏天到秋天是果园最好的时候。满树满挂的果子，都着了色，发出香气，弄得果园的空气都是甜甜的，闻着都醉人。这时节小吕总是那么兴奋，话也多，说话的声音也大，好像家里在办喜事似的。二来是，下夜，睡在窝棚里，铺着稻草，星星，又大又蓝的天，野兔子窜来窜去，鸹鸹悠①叫，还可能有狼！这非常有趣。张士林曾经笑他："这小子，浪漫主义！"还有，搬过来，他可以和张士林在一起，日夜都在一起。

他很佩服张士林。曾经特为去照了一张相，送给张士林，在背面写道："给敬爱的士林同志！"他用的字眼是充满真实的意思的。他佩服张士林那么年轻，才十九岁，就对果树懂得那么多。不论是修剪，是嫁接，都拿得起来，而且能讲一套。有一次林业学校的学生来参观，由他领着给他们讲，讲得那些学生一愣一愣的，不停地拿笔记本子记。领队的教员后来问张士林："同志，你在什么学校学习过？"张士林说："我上过高小。我们家世代都是果农，我是在果树林里长大的。"他佩

① 猫头鹰。

服张士林说玩就玩，说看书就看书，看那么厚的，比一块城砖还厚的《果树栽培学各论》。佩服张士林能文能武，正跟场里的技术员合作搞试验，培养葡萄抗寒品种，每天拿个讲义夹子记载。佩服张士林能"代表"场里出去办事。采花粉呀，交换苗木呀……每逢张士林从场长办公室拿了介绍信，背上他的挎包，由宿舍走到火车站去，他就在心里非常羡慕。他说张士林是去当"大使"去了。小张一回来，他看见了，总是连蹦带跳地跑到路口去，一面接过小张的挎包，一面说："嗬！大使回来了！"

他愿意自己也像一个真正的果园技工。可是自己觉得不像。缺少两样东西：一样是树剪子。这里凡是固定在果园做活的，每人都有一把树剪子，装在皮套子里，挎在裤腰带后面，远看像支伯朗宁手枪。他多希望也有一把呀，走出走进——嗬！可是他没有。他也有使树剪子的时候。大的手术他不敢动，比如矫正树形，把一个茶杯口粗细的枝丫截掉，他没有那么大的胆子。像是丁个头什么的，这他可不含糊，拿起剪子叭叭地剪。只是他并不老使树剪子，因此没有他专用的，要用就到小仓库架子上去拿"官中"剪子。这不带劲！"官中"的玩意儿总是那么没味道，而且，当然总是，不那么好使。

净"塞牙"，不快，费那么大劲，还剪不断。看起来倒像是你不会使剪子似的！气人。

组长大老张见小吕剪两下看看他那剪子，剪两下看看他那剪子，心里发笑。有一天，从他的锁着的柜子里拿出一把全新的苏式树剪，叫："小吕！过来！这把剪子交给你，由你自己使：钝了自己磨，坏了自己修，绷簧掉了——跟公家领，可别老把绷簧搞丢了。小人小马小刀枪，正合适！"周围的人都笑了：因为这把剪子特别轻巧，特别小。小吕这可高了兴了，十分得意地说："做啥像啥，卖啥吆喝啥嘛！"这算了了一桩心事。

自从有了这把剪子，他真是一日三摩挲。除了晚上脱衣服上床才解下来，一天不离身。没事就把剪子拆开来，用砂纸打磨得锃亮，拿在手里都是精滑的。

今天晚上没事，他又打磨他的剪子了，在216次火车过去以前，一直在细细地磨。磨完了，涂上一层凡士林，用一块布包起来——明年再用。葡萄条已经铰完，今年不再有使剪子的活了。

另外一样，是嫁接刀。他想明年自己就先练习削树码子，练得熟熟的，像大老刘一样！也不用公家的刀，自己买。用惯了，趁手。他合计好了：把那把双箭牌塑料把的小刀卖去，已经说好了，猪倌小白要。打一个八折。原价一块六，六八四十八，八得八，一块二毛八。再贴一块钱，就可以买一把上等的角柄嫁接刀！他准备明天就去托黄技师，黄技师两三天就要上北京。

三、老　九

老九用四根油浸过的细皮条编一条一根葱的鞭子。这是一种很难的编法，四股皮条，这么绕来绕去的，一走神，就错了花，就拧成麻花腰子了。老九就这么聚精会神地绕着，一面舔着他的舌头。绕一下，把舌头用力向嘴唇外边舔一下，绕一下，舔一下。有时忽然"唔！"的一声，那就是绕错了花了，于是拆掉重来。他的确是用的劲儿不小，一根鞭子，道道花一般紧，地道活计！编完了，从墙上把那根旧鞭子取下来，拆掉皮哨，把新鞭哨结在那个楸子木刨出来的又重又硬又光滑的鞭杆子上，还挂在原来的地方。

可是这根鞭子他自己是用不成了。

老九算是这个场子里的世袭工人。他爹在场里赶大车，又是个扶耧的好手。他穿着开裆裤的时候，就在场里到处乱钻。使砖头砸杏儿、摘果子、偷萝卜、刨甜菜，都有他。稍大一点，能做点事了，就什么也做，放鸭子、喂小牛、搓玉米、锄豆埂……最近三年正式固定在羊舍，当"羊伴子"——小羊倌。老九是土生土长（小吕家是从外地搬来的），这一带地方，不论是哪个山豁豁、渠坳坳，他都去过，用他自己的说法是"尿尿都尿遍了"。这一带的人，不问老少男女，也无不知道有个秦老九。每天早起，日头上来，露水稍干的时候，只要听见：

> 蓝蓝的天上白云飘，
>
> 白云下边马儿跑……

就知是老九来了。——这孩子，生了一副上低音的宽嗓子！他每天把羊从圈里放出来，上了路，走在羊群前面，一定是唱这一支歌。一挥鞭子：

> 挥动鞭儿响四方——
>
> 百鸟齐飞翔……

矮粗矮粗的个子，方头大脸，黑眉毛大眼睛，大嘴，大脚。老九这双鞋也是奇怪，实纳帮，厚布底，满底钉了扁头铁钉，还特别大，走起来忒楞忒楞地响。一摇一晃的，来了！后面是四百只白花花的，挨挨挤挤、颤颤悠悠的羊，无数的小蹄子踏在地上，走过去像下了一阵暴雨。

老九发育得快，看样子比小吕魁伟壮实得多，像个小大人了。可是，有一次，他拿了家里的碗去食堂买饭，那碗可跟食堂的碗一样，恰好食堂里这两天丢了几个碗，管理员看见了，就说是食堂的，并且大声宣告："秦老九偷了食堂的碗！"老九把脸涨得通红，一句话说不出，忽然号叫着骂起人来，一面毫不克制地咧开大嘴哇哇地哭起来，使得一食堂的人都喝吼起来：

"嗳噫，不兴骂人！"

"有话慢慢说，别哭！"

老九要是到了一个新地方，在一个新单位，做了真正的"工人"，若是又受了点委屈，觉得自尊心受了损伤，还会这样哭，这样破口骂人吗？

老九真的要走了，要去当炼钢工人去了。他有个舅舅，在第二炼钢厂当工人，早就设法让老九进厂去学徒，他爹也愿意。有人问老九：

"老九，你咋啦，你不放羊了吗？"

这叫老九很难回答。谁都知道炼钢好，光荣，工人阶级是老大哥。但是放羊呢？他就说：

"我爹不愿意我放羊，他说放羊不好。"

他也竭力想同意他爹的看法，说：

"放羊不好，把人都放懒了，啥也不会！"

其实他心里一点也不同意！如果这话要是别人说的，他会第一个起来大声反驳："你瞎说！你凭什么！"

放羊？嘿——

每天早起，打开羊圈门，把羊放出来。挥着鞭子，打着呼哨，嘴里"嘎！嘎！"地喝唤着，赶着羊上了路。按照老羊倌的嘱咐，上哪一座山。到了坡上，把羊打开，一放一个满天星——都匀匀地撒开；或者凤凰单展翅——顺着山坡，斜斜地上去，走成一长溜。羊安安驯驯地吃开草，就不用操什么心了。羊群缓缓地往前推移，远看，像一片云彩在坡上流动。天也蓝，山也绿，洋河的水在树林子后面白亮白亮的。农场的房屋、果树，都看得清清楚楚。一列一列的火车过来过去，看起来又精巧又灵活，简直不像是那么大的玩意。真好呀，你觉得心都轻飘飘的。

"放羊不是艺，笨工子下不地！"①不会放羊的，打

_____

① "笨工子"指外行；"下不地"指应付不了。

都打不开。羊老是恋成一疙瘩，挤成一堆，走不成阵势，吃不好草。老九刚放羊时，也是这样。老九蹦过来，追过去，累得满头大汗，心里急咚咚地跳，还是弄不好！有一次，老羊倌病了，就他跟丁贵甲两个人上山，丁贵甲也还没什么经验，竟至弄得羊散了群，几乎下不了山。现在，老羊倌根本不怎么上山了，他俩也满对付得了这四百只羊了。问老九："放羊是咋放法？"他也说不出，但是他会告诉你老羊倌说过的：看羊群一走，就知道这羊倌放了几年羊了。

　　放羊的能吃到好东西。山上有野兔子，一个有六七斤重。有石鸡子，有半子。石鸡子跟小野鸡似的，一个准有十两肉。半子一个准是半斤。你听："呱格丹，呱格丹！呱格丹！"那是母石鸡子唤她汉子了。你不要忙，等着，不大一会儿，就听见对面山上"呱呱呱呱呱呱……"，你轻手轻脚地去，一捉就是一对。山上还有鸬鸪，就是野鸽子。"天鹅、地鸪，鸽子肉、黄鼠"，这是上讲究的。鸬鸪肉比鸽子还好吃。黄鼠也有，不过滩里更多。放羊的吃肉，只有一种办法：和点泥，把打住的野物糊起来，拾一把柴架起火来，烧熟。真香！山上有酸枣，有榛子，有林，有红姑荬，有酸溜溜，有梭瓜瓜，有各色各样的野果。大北滩有一片大桑树林子，夏天结了满树的大桑葚，也没有人去采，落在地下，把地皮都染紫了。每回放羊回来经过，一定是"饱餐一顿"，吃得嘴唇、牙齿、舌头，都是紫的，真过瘾！……

放羊苦吗？

咋不苦！最苦是夏天。羊一年上不上膘，全看夏天吃草吃得好不好。夏天放羊，又全靠晌午。"打柴一日，放羊一晌"。早起的露水草，羊吃了不好。要上膘，要不得病，就得吃太阳晒过的蔫筋草。可是这时正是最热的时候。不好找个阴凉地方躲着吗？不行啊！你怕热，羊也怕热哩，它不给你好好地吃！它也躲阴凉。你看：都把头埋下来，挤成一疙瘩，净想躲在别的羊的影子里，往别个的肚子底下钻。这你就得不停地打。打散了，它就吃草了。可是打散了，一会儿会儿，它又挤到一块去！打散了，一会儿会儿，它又挤到一块去了。你想休息？甭想。一夏天这么大太阳晒着，烧得你嘴唇、上颚都是烂的！

真渴呀。这会儿，农场里给预备了行军壶，自然是好了。若是在旧社会，给地主家放羊，他不给你带水。给你一袋炒面，你就上山吧！你一个人，又不敢走远了去弄水，狼把羊吃了怎么办？渴急了，就只好自己喝自己的尿。这在放羊的不是稀罕事。老羊倌就喝过，丁贵甲小时当小羊伴子，也喝过，老九没喝过。不过他知道这些事。就是有行军壶，你也不敢多喝。若是敞开来，由着性儿喝，好家伙，那得多少水？只好抿一点儿，抿一点儿，叫嗓子眼潮润一下就行。

好天还好说，就怕刮风下雨。刮风下雨也好说，就怕下雹子。老九就遇上过。有一回，在马脊梁山，遇了一场大雹子！下了足有二十分钟，足有鸡蛋大。砸得一群羊惊惶失措，满山乱跑，咩咩地叫成一片。砸坏了二三十只，趷了腿，起不来了。后来是老羊倌、丁贵甲和老九一趟一趟地抱回来的。吓得老九那天沉不住了，脸上一阵白，一阵紫，他觉得透不出气来。不是老羊倌把他那个竹皮大斗笠给他盖住，又给他喝了几口他带在身上的白酒，说不定就回不来啦。

但是这些，从来也没有使老九告过孬，发过怵。他现在回想起来倒都觉得很痛快、很甜蜜、很幸福。他甚至觉得遇上那场雹子是运气。这使他觉得生活丰富、充实，使他觉得自己能够算得上是一个有资格、有经验的羊倌了，是个见识过的，干过一点事情的人了，不再是只知道要窝窝吃的毛孩子了。这些，苦热、苦渴、风雨、冷雹，将和那些蓝天、白云、绿山、白羊、石鸡、野兔、酸枣、桑葚互相融合调和起来，变成一幅浓郁鲜明的图画，永远记述着秦老九的十五岁的少年的光阴，日后使他在不同的环境中还会常常回想。他从这里得到多少有用的生活的技能和知识，受了多好的陶冶和锻炼啊。这些，在他将来炼钢的时候，或者履行着别样的职务时，都还会在他的血液里涌溢，给予他持续的力量。

　　但是他的情绪日渐向往于炼钢了。他在电影里，在招贴画上，看过不少炼钢的工人，他的关于炼钢的知识和印象也就限于这些。他不止一次设想自己下一个阶段的样子——一个炼钢工人：戴一顶大八角鸭舌帽，帽舌下有一副蓝颜色的像两扇小窗户一样的眼镜，穿着水龙布的工作服——他不知那是什么布，只觉得很厚，很粗，场子里有水泵，水泵上用的管子也是用布做的，也很厚，很粗，他以为工作服就是那种布——戴了很大很大的手套，拿着一个很长的后面有个大圈的铁家伙……没人的时候，他站在床上，拿着小吕护秋用的标枪，比画着，比画着。他觉得前面，偏左一点，是炼钢的炉子，轰隆轰隆的熊熊的大火。他觉得火光灼着他的眼睛，甚至感觉得到他左边的额头和脸颊上明明有火的热度。他的眼睛眯细起来，眯细起来……他出神地体验着，半天，半天，一动也不动。果园的大老张一头闯进来，看见老九脸上的古怪表情（姿势赶快就改了，标枪也撂了，可是脸上没有来得及变样——他这么眯细着太久了，肌肉一下子也变不过来），忍不住问："老九，你在干啥呢？你是怎么啦？"

今天晚上，老九可是专心致意地打了一晚上鞭子。你已经要去炼钢了，还编什么鞭子呢？

一来是习惯。他不还没有走吗？他明天把行李搬回去，叫他娘拆洗拆洗，三天后才动身呢。那么，既在这里，总要找点事做。这根鞭子早就想到要编了。编起来，他不用，总有人用。何况，他本来已经想好，在编着的时候又更确实地重复了一遍他的决定：这根鞭子送给留孩，明天走的时候送给他。

四、留孩和丁贵甲

留孩和丁贵甲是奶兄弟。这一带风俗，对奶亲看得很重。结婚时先给奶爹奶母磕头；奶爹奶母死了，像给自己的爹妈一样地戴孝。奶兄弟，奶姊妹，比姨姑兄弟姊妹都亲。丁贵甲的亲娘还没有出月子就死了，丁贵甲从小在留孩娘跟前寄奶。后来丁贵甲的爹得了腰疼病，终于也死了。他在给人家当小羊伴子以前，一直就在留孩家长大。丁贵甲有时请假说回家看看，就指的是留孩的家。除此之外，他的家便是这个场了。

留孩一年也短不了来看他奶哥。过去大都是他爹带他来，这回是他自己来的——他爹在生产队里事忙，三五天内分不开身；而且他这回来和往回不同：他是来谈工作的。他要来顶老九的手。留孩早就想过这个场里来工作。他奶哥也早跟场领导提了。这回谈妥了，老九一走，留孩就搬过来住。

留孩，你为什么想到场子里来呢？这儿有你奶哥；还有？——"这里好。"这里怎么好？——"说不上来。"

……

这里有火车。

这里有电影，两个星期就放映一回，常演打仗片子，捉特务。

这里有很多小人书。图书馆里有一大柜子。

这里有很多机器。播种机、收割机、脱粒机……张牙舞爪，排成一大片。

这里庄稼都长得整齐。先用个大三齿耙似的家伙在地里划出线，长出来，笔直。

这里有花生、芝麻、红白薯……这一带都没有种过，也长得挺好。

有果园，有菜园。

有玻璃房子，好几排，亮堂堂的，冬天也结西红柿，结黄瓜。黄瓜那么绿，西红柿那么红，跟上了颜色一样。

有很多鸡，都一色是白的；有很多鸭，也一色是白的。风一吹，白毛儿忒勒勒飘翻起来，真好看。有很多很多猪，都是短嘴头子，大腮帮子，巴克夏，约克夏。这里还有养鱼池，看得见一条一条的鱼在水里游……

这里还有羊。这里的羊也不一样。留孩第一次来，一眼就看到：这里的羊都长了个狗尾巴。不是像那样扁不塌塌的沉甸甸颤巍巍地坠着，遮住屁股蛋子，而是很细很长的一条，耷拉着。他先初以为这不像样子，怪寒碜的。后来当然知道，这不是本地羊，是本地羊和高加索绵羊的杂交种。这种羊，一把都抓不透的毛子，做一件皮袄，三九天你尽管躺到洋河冰上去睡觉吧！既是这样，那么尾巴长得不大体面，也就可以原谅了。

那两头"高加索"，好家伙，比毛驴还大。那么大个脑袋（老羊倌说一个脑袋有十三斤肉），两盘大角，不知绕了多少圈，最后还旋扭着向两边支出来。脖子下的皮皱成数不清的折子，鼓鼓囊囊的，像围了一个大花领子。老是慢吞吞地，稳稳重重地在草地上踱着步。时不时地，停下来，斜着眼，这边看看，那边看看，样子很威严，很尊贵。留孩觉得它很像张士林的一本游记书上画的盛装的非洲老酋长。老九叫他骑一骑。留孩说："羊嘛，咋骑得！"老九说："行！"留孩当真骑上去，不想它立刻围着羊舍的场子开起小跑来，步子又匀，身子又稳！原来这两只羊已经叫老九训练得很善于做本来是驴应做的事了。

留孩，你过两天就是这个场子里的一个农业工人了。就要一天和这两个老酋长，还有那四百只狗尾巴的羊做伴了，你觉得怎么样，好呢还是不好？——"好。"

场子里老一点的工人都还记得丁贵甲刚来的时候的样子。又干又瘦，披了件丁零当啷的老羊皮，一卷行李还没个枕头粗。问他多大了，说是十二，谁也不相信。待问过他属什么，算一算，却又不错。不论什么时候，都是那么寒簌簌的；见了人，总是那么怯生生的。有的工人家属见他走过，私下担心：这孩子怕活不出来。场子里支部书记有一天远远地看了他半天，说，这孩子怎么的呢，别是有病吧，送医院里检查检查吧。一检查：是肺结核。在医院整整住了一年，好了，人也好像变了一个。接着，这小子，好像遭了掐脖旱的小苗子，一朝得着足量的肥水，飕飕地飞长起来，三四年工夫，长成

羊舍一夕——又名：四个孩子和一个夜晚

1
4
9

了一个肩阔胸高腰细腿长的，非常匀称挺拔的小伙子。一身肌肉，晒得紫黑紫黑的。照一个当饲养员的王全老汉的说法：像个小马驹子。

这马驹子如今是个无事忙，什么事都有他一份。只要是球，他都愿意摸一摸。放了一天羊，爬了一天山，走了那么远的路，回来扒拉两大碗饭，放下碗就到球场上去。逢到节日，有球赛，连打两场，完了还不休息。别人都已经走净了，他一个人在月亮地里还绷楞绷楞地射篮。摸鱼，捉蛇，掏雀，撵兔子，只要一声吆唤，马上就跟你走。哪里有夜战，临时突击一件什么工作，挑渠啦，挖沙啦，不用招呼，他扛着铁锹就来了。也不问青红皂白，吭吭就干起来。冬天刨冻粪，这是个最费劲的活，常言说："刨过个冻粪哪！做过个怕梦哪！"他最愿意揽这个活。使尖镐对准一个口子，别足了劲："许一个猪头——开！许一个羊头——开！开——开！狗头也不许了！"[1]这小伙子好像有太多过剩的精力，不找点什么重实点的活消耗消耗，就觉得不舒服似的。

----

[1] 本是开山的石匠的习语。在石头未破开前许愿：如果开了，则用一个羊头、猪头做贡献；但当真开了，即什么也不许了。

小伙子一天无忧无虑，不大有心眼，什么也不盘算。开会很少发言，学习也不大好，在场里陆续认下的两个字还没有留孩认得的多。整天就知道干活、玩。也喜欢看电影。他把所有的电影分成两大类：一类是打仗的，一类是找媳妇的。凡是打仗的，就都"好"！凡是找媳妇的，就"唉噫，不看不看"！找媳妇的电影尚且不看，真的找媳妇那更是想都不想了。他奶母早就想张罗着给他寻一个对象了。每次他回家，他奶母都问他场子里有没有好看的姑娘，他总是回答得不得要领。他说林凤梅长得好，五四也长得好。问了问，原来林凤梅是场里生产队长的爱人，已经生过三个孩子；五四是个幼儿园的孩子，一九五四年生的！好像恰恰是和他这个年龄相当的，他都没有留心过。奶母没法，只好摇头。其实场子里这个年龄的，很有几个，也有几个长得不难看的。她们有时谈悄悄话的时候，也常提到他。有一个念过一年初中的菜园组长的女儿，给他做了个鉴定，说："他长得像周炳，有一个名字正好送给他：《三家巷》第一章的题目！"其余几个没有看过《三家巷》的，就找了这本小说来看。一看，原来是："长得很俊的傻孩子"，她们咯咯咯地笑了一晚上。于是每次在丁贵甲走过时，她们就更加留神看他，一面看，一面想想这个名字，便咯咯咯地笑。这很快就固定下来，成为她们私下对于他的专用的称呼，后来又简化、缩短，由"长得很俊的傻孩子"变成"很俊的——"。正在做活，有人轻轻一嘀咕："嗨！很俊的来了！"于是都偷眼看他，于是又咯咯咯地笑。

这些，丁贵甲全不理会。他一点也不知道他有这么一个名字。起先两回，有人在他身后咯咯地笑，笑得他也疑惑，怕是老九和小吕在他歇晌时给他在脸上画了眼镜或者胡子。后来听惯了，也不以为意，只是在心里说：丫头们，事多！

其实，丁贵甲因为从小失去爹娘，多受苦难，在情绪上智慧上所受的启发诱导不多；后来在这样一个集体的环境中成长，接触的人事单纯，又缺少一点文化，以致形成他思想单纯，有时甚至显得有点愣，不那么精灵。这是一块璞，如果在一个更坚利精微的砂轮上磨洗一回，就会放出更晶莹的光润。理想的砂轮，是部队。丁贵甲正是日夜念念不忘地想去参军。他之所以一点也不理会"丫头们"的事，也和他的立志做解放军战士有关。他现在正是服役适龄。上个月底，刚满十八足岁。

丁贵甲这会儿正在演戏。他演戏，本来不合适，嗓子不好，唱起来不搭调。而且他也未必是对演戏本身真有兴趣。真要派他一个重要一点的角色，他会以记词为苦事，背锣经为麻烦。他的角色也不好派，导演每次都考虑很久，结果总是派他演家院。就是演家院，他也不像个家院。照一个天才鼓师（这鼓师即猪倌小白，比丁贵甲还小两岁，可是打得一手好鼓）说："你根本就一点都不像一个古人！"可不是，他直直地站在台上，太健康，太英俊，实在不像那么一回事，虽则是穿了老斗衣，还挂了一副白满。但是他还是非常热心地去。他大概不过是觉得排戏人多，好玩，红火，热闹，大锣大鼓地一敲，哇哇地吼几嗓子，这对他的蓬勃炽旺的生命，是能起鼓扬疏导作用的。他觉得这么闹一阵，舒服。不然，这么长的黑夜，你叫他干什么去呢，难道像王全似的摊开盖窝睡觉？

现在秋收工作已经彻底结束，地了场光，粮食入库，冬季学习却还没有开始，所以场里决定让业余剧团演两晚上戏，劳逸结合。新排和重排的三个戏里都有他，两个是家院，一个是中军。以前已经拉了几场了，最近连排三个晚上，可是他不能去，这把他着急坏了。

因为丢了一只半大羊羔子。大前天，老九舅舅来了，早起老九和丁贵甲一起把羊放上山，晌午他先回一步，丁贵甲一个人把羊赶回家的。入圈的时候，一数，少了一只。丁贵甲连饭也没吃，告诉小吕，叫他请大老张去跟生产队说一声，转身就返回去找了。找了一晚上，十二点了，也没找到。前天，叫老九把羊赶回来，给他留点饭，他又一个人找了一晚上，还是没找到。回来，老九给他把饭热好了，他吃了多半碗就睡了。这两天老羊倌又没在，也没个人讨主意！昨天，生产队说，找不到就算了，算是个事故，以后不要麻痹。看样子是找不到了，两夜了，不是叫人拉走，也要叫野物吃了。但是他不死心，还要找。他上山时就带了一点干粮，对老九说："我准备找一通夜！找不到不回来。若是人拉走了，就不说了；若是野物吃了，骨头我也要找它回来，它总不能连皮带骨头全都咽下去。不过就是这么几座山，几片滩，它不能土遁了，我一个脚印一个脚印地把你盖遍了，我看你跑到哪里去！"老九说他把羊赶回去也来，还可以叫小吕一起来帮助找，丁贵甲说："不。家里没有人怎么行？晚上谁起来看羊圈？还要闷料——玉黍在老羊倌屋里，先用那个小麻袋里的。小吕子不行，他路不熟，胆子也小，黑夜没有在山野里待过。"正说着，他奶弟来了。他知道他这天来的，就跟奶弟说："我今天要找羊。事情都说好了，你请小吕陪你到办公室，填一个表，我跟他说了。晚上你先睡吧，甭等我。我叫小吕给你借了几本小人书，你看。要是有什么问题，你先找一下大老张，让他告诉你。"

晚上，老九和留孩都已经睡实了，小吕也都正在迷糊着了——他们等着等着都困了，忽然听见他连笑带嚷地来了：

"哎！找到啦！找到啦！还活着哩！哎！快都起来！都起来！找到啦！我说它能跑到哪里去呢？哎——"

这三个人赶紧一骨碌都起来，小吕还穿衣裳，老九是光着屁股就跳下床来了。留孩根本没脱——他原想等他奶哥的，不想就这么睡着了，身上的被子也不知是谁给搭上的。

"找到啦？"

"找到啦！"

"在哪儿哪？"

"在这儿哪。"

原来他把自己的皮袄脱下来给羊包上了，所以看不见。大家于是七手八脚地给羊喂一点水，又倒了点精料让它吃。这羔子，饿得够呛，乏得不行啦。一面又问：

"在哪里找到的？"

"怎么找到的？"

"黑咕隆咚的，你咋看见啦？"

丁贵甲嚼着干粮（他干粮还没吃哩），一面喝水，一面说：

"我哪儿哪儿都找了。沿着我们那天放羊走过的地方，来回走了三个过儿——前两天我都来回地找过了：没有！我心想：哪儿去了呢？我一边找，一边捉摸它的个头、长相，想着它的叫声，忽然，我想起：叫叫看，怎么样？试试！我就叫！满山遍野地叫。不见答音。四外静悄悄的，只有宁远铁厂的吹风机好像远远地呼呼地响，也听不大真切，就我一个人的声音。我还叫。忽然，——'咩……'我说，别是我耳朵听差了音，想的？我又叫——'咩……咩……'这回我听真了，没错！这还能错？我天天听惯了的，娇声娇气的！我赶紧奔过去——看我磕膝上摔的这大块青，——破了！路上有棵新伐树桩子，我一喜欢，忘了，啪嚓摔出去丈把远，喔唷，肿了没有？老九，给我拿点碘酒——不要二百二，要碘酒，辣辣的，有劲！——把我帽子都摔丢了！我找了羊，又找帽子。找帽子又找了半天！真缺德！他早不伐树晚不伐树，赶爷要找羊了，他伐树！

"你说在哪儿找到的？太史弯不有个荒沙梁子吗？拐弯那儿不是叫山洪冲了个豁子吗？笔陡的？那底下不是坟滩吗？前天，老九，我们不是看见人家迁坟吗，刨了一半，露了棺材，不知为什么又不刨了！这东西，爷要打你！它不是老爱走外手边①吗，大概是豁口那儿沙软了，往下塌，别的羊一挤，它就滚下去了！有那么巧，可可掉在坟窟窿里！掉在烂棺材里！出不来了！棺材在土里埋了有日子了，糟朽了，它一砸，就折了，它站在一堆死人骨头里，——那里头倒不冷！不然饿不杀你也冻杀你！外边挺黑。可我在黑里头久了，有点把星星的光就能瞅见。我又叫一声——'咩……'不错！就在这里。它是白的，我模模糊糊看见有一点白晃晃的，下面一摸，正是它！小东西！可把爷担心得够呛！累得够呛！明天就叫伙房宰了你！我看你还爱走外手边！还爱走外手边？唔？"

等羊缓过一点来，有了精神，把它抱回羊圈里去，收拾睡下，已经是后半夜了。

今天，白天他带着留孩上山放了一天羊，告诉他什么地方的草好，什么地方有毒草。几月里放阳坡，上什么山；几月里放阴坡，上什么山；什么山是半椅子

---

① 外手边是右边。这本来是赶车人的说法。赶车人都习惯于跨坐在左辕，所以称左边为里手边或里边，右边为外手边或外边。

臂[①]，该什么时候放。哪里蛇多，哪里有个暖泉，哪里地里有碱。看见大栅栏落下来了，千万不能过——火车要来了。片石山每天十一点五十要放炮崩山，不能去那里……其实日子长着呢，非得赶今天都告诉你奶弟干什么？

晚上，烧了一个小吕在果园里拾来的刺猬，四个人吃了，玩了一会儿，他就急急忙忙去侍候他的家爷和元帅去了，他知道奶弟不会怪他的。到这会儿还不回来！

五、夜，正在深浓起来

小吕从来没放过羊，他觉得很奇怪，就问老九和留孩：

"你们每天放羊，都数吗？"

留孩和老九同声回答：

"当然数，不数还行哩？早起出圈，晚上回来进圈，都数。不数，丢了你怎么知道？"

"那咋数法？"

① 南北方向的小岭，两边坡上都常见阳光，形状略似椅臂者。

咋数法？留孩和老九不懂他的意思，两个人互相看看。老九想了想，哦！

"也有两个一数的，也有三个一数的，数得过来五个一数也行，数不过来一个一个地数！"

"不是这意思！羊是活的嘛！它要跑，这么窜着蹦着挨着挤着，又不是数一筐篓梨，一把树码子，摆着。这你怎么数？"

老九和留孩想一想，笑起来。是倒也是，可是他们小时候放羊用不着他们数，到用到自己数的时候，自然就会了。从来没发生这样的问题。老九又想了想，说：

"看熟了。羊你都认得了，不会看花了眼的。过过眼就行。猪舍那么多猪，我看都是一样。小白就全都认得，小猪娃子跑出来了，他一把抱住，就知往哪个圈里送。也是熟了，一样的。"

小吕想象，若叫自己数，一定不行，非数乱了不可！数着数着，乱了——重来；数着数着，乱了——重来！那，一天早上也出不了圈，晚上也进不了家，净来回数了！他想着那情景，不由得嘿嘿地笑起来，下结论说：

"真是隔行如隔山。"

老九说：

"我看你给葡萄花去雄授粉，也怪麻烦的！那么小的花须，要用镊子夹掉，还不许蹭着柱头！我那天夹了几个，把眼都看酸了！"

小吕又想起昨天晚上丁贵甲一个人满山叫小羊的情形，想起那么黑，那么静，就只听见自己的声音，想起坟窟窿，棺材，对留孩说：

"你奶哥胆真大！"

留孩说："他现在胆大，人大了。"

小吕问留孩和老九：

"要叫你们去，一个人，敢吗？"

老九和留孩都没有肯定地回答。老九说：

"丁贵甲叫羊急的，就是怕，也顾不上了。事到临头，就得去。这一带他也走熟了。他晚上排戏还不老是十一二点回来。也就是一九四九年后。我爹说，十多年头里，过了扬旗，晚上就没人敢走了。那里不清静，劫过人，还把人杀了。"

"在哪里？"

"过了扬旗。准地方我也不知道。"

……

"——这里有狼吗？"小吕想到狼了。

"有！"

"河南①狼多，"留孩说，"这两年也少了。"

"他们说是五八年大炼钢铁炼的，到处都是火，烘烘烘，狼都吓得进了大山了。有还是有的。老郑黑夜浇地还碰上过。"

"那我怎么下了好几个月夜，也没碰上过？"

"有！你没有碰上就是了。要是谁都碰上，那成了口外的狼窝沟了！这附近就有，还来果园。你问大老刘，他还打死过一只——一肚子都是葡萄。"

小吕很有兴趣了，留孩也奇怪，怎么都是葡萄，就都一起问：

"咋回事？咋回事？"

"那年，还是李场长在的时候哩！葡萄老是丢，而且总是丢白香蕉。大老刘就夜夜守着，原来不是人偷的，是一只狼。李场长说：'老刘，你敢打吗？'老刘说：'敢！'老刘就对着它每天来回走的那条车路，挖了一道壕子，趴在里面，拿上枪，上好子弹，等着——"

"什么枪，是这支火枪吗？"

"不是，"老九把羊舍的火枪往身边靠了靠，说，

---

① 洋河以南。

"是老陈守夜的快枪——等了它三夜，来了！一枪就给撂倒了。打开膛：一肚子都是葡萄，还都是白香蕉！这老家伙可会挑嘴哩，它也知道白香蕉葡萄好吃！"

留孩说："狼吃葡萄吗？狼吃肉，不是说'狼行千里吃肉'吗？"

老九说："吃。狼也吃葡萄。"

小吕说："这狼大概是个吃素的，是个把斋的老道！"

说得留孩和老九都笑起来。

"都说狼会赶羊，是真的吗？狼要吃哪只羊，就拿尾巴拍拍它，像哄孩子一样，羊就乖乖地在前头走，是真的吗？"

"哪有这回事！"

"没有！"

"那人怎么都这么说？"

"是这样——狼一口咬住羊的脖子，拖着羊，羊疼哩，就走，狼又用尾巴抽它，——哪是拍它！唛撒——唛撒——唛撒，看起来轻轻的，你看不清楚，就像狼赶羊，其实还是狼拖羊。它要不咬住它，它跟你走才怪哩！"

"你们看见过吗？留孩，你见过吗？"

"我没见过，我是在家听贵甲哥说过的。贵甲哥在家给人当羊伴子时候，可没少见过狼。他还叫狼吓出过毛病，这会儿不知好了没有，我也没问他。"

这连老九也不知道，问：

"咋回事？"

"那年，他跟上羊倌上山了。我们那里的山高，又陡，差不多的人连羊路都找不到。羊倌到沟里找水去了，叫贵甲哥一个人看一会儿。贵甲哥一看，一群羊都惊起来了，一个一个哆里哆嗦的，又低低地叫唤。贵甲哥心里呼通一下——狼！一看，灰黄灰黄的，毛茸茸的，挺大，就在前面山杏丛里。旁边有棵树，吓得贵甲哥一窜就上了树。狼叼了一只大羔子，使尾巴赶着，嗖啦一下子就从树下过去了，吓得贵甲哥尿了一裤子。后来，只要有点着急事，下面就会津津地漏出尿来。这会儿他胆大了，小时候，——也怕。"

"前两天丢了羊，也着急了，咱们问问他尿了没有！"

"对！问他！不说就扒他的裤子检查！"

茶开了。小吕把砂锅端下来，把火边的山药翻了翻。老九在挎包里摸了摸，昨天吃剩的朝阳瓜子还有一把，就兜底倒出来，一边喝着高山顶，一边嗑瓜子。

"你们说，有鬼没有？"这回是老九提出问题。

留孩说："有。"

小吕说："没有。"

"有来，"老九自己说，"就在咱们西南边，不很远，从前是个鬼市，还有鬼饭馆。人们常去听，半夜里，乒乒乓乓地炒菜，勺子铲子响，可热闹啦！"

"在哪里？"这小吕倒很想去听听，这又不可怕。

"现在没有了。现在那边是兽医学校的牛棚。"

"哎嘻——"小吕失望了，"我不相信，这不知是谁造出来的！鬼还炒菜？"

留孩说："怎么没有鬼？我听我大爷说过：

"有一帮河南人，到口外去割莜麦。走到半路上，前不巴村，后不巴店，天也黑夜了，有一个旧马棚，空着，也还有个门，能插上，他们就住进去了。在一个大草滩子里，没有一点人烟。都睡下了。有一个汉子烟瘾大，点了个蜡头在抽烟。听到外面有人说：

"'你老们，起来解手时多走两步噢，别尿湿了我这疙瘩毡子，我就这么一块毡子啊！'

"这汉子也没理会，就答了一声：

"'知道啦。'

"一会儿，又是：

"'你老们，起来解手时多走两步噢，别尿湿了我这疙瘩毡子，我就这么一块毡子啊！'

"'知道啦。'

"一会会，又来啦：

"'你老们，起来解手时多走两步噢，我就这么一块疙瘩毡子！'

"'知道啦！你怎么这么噜苏啊！'

"'我怎么噜苏啦？'

"'你就是噜苏！'

"'我怎么噜苏！'

"'你噜苏！'

"两个就隔着门吵起来，越吵越凶。外面说：

"'你敢给爷出来！'

"'出来就出来！'

"那汉子伸手就要拉门，回身一看：所有的人都拿眼睛看住他，一起轻轻地摇头。这汉子这才想起来，吓得脸煞白——"

"怎么啦？"

"外边怎么可能有人啊，这么个大草滩子里？撒尿怎么会尿湿了他的毡子啊？他们都想，来的时候仿佛离墙不远有一疙瘩土，像是一个坟。这是鬼，是也是像他们一样背了一块毡子来割莜麦的，死在这里了。这大概还是一个同乡。

"第二天，他们起来看，果然有一座新坟。他们给他加加土，就走了。"

这故事倒不怎么可怕，只是说得老九和小吕心里都为这个客死在野地里的只有一块毡子的河南人很不好受。夜已经很深了，他们也不想喝茶了，瓜子还剩一小撮，也不想吃了。

过了一会儿，忽然，老九的脸色一沉：

"什么声音？"

是的！轻轻的，但是听得很清楚，有点像羊叫，又不太像。老九一把抓起火枪：

"走！"

留孩立刻理解：羊半夜里从来不叫，这是有人偷羊了！他跟着老九就出来。两个人直奔羊圈。小吕抓起他的标枪，也三步抢出门来，说："你们去羊圈看看，我在这里，家里还有东西。"

老九、留孩用手电照了照几个羊圈，都好好的，羊都安安静静地卧着，门、窗户，都没有动。正察看着，听见小吕喊：

"在这里了！"

他们飞跑回来，小吕正闪在门边，握着标枪，瞄着屋门：

"在屋里！"

他们略一停顿，就一齐踢开门进去。外屋一照，没有。上里屋。里屋灯还亮着，没有。床底下！老九的手电光刚向下一扫，听见床下面"扑哧"的一声——

"是你！"

"好！你可吓了我们一跳！"

丁贵甲从床底下爬出来，一边爬，一边笑得捂着肚子。

"好！耍我们！打他！"

于是小吕、老九一齐扑上去，把丁贵甲按倒，一个压住脖子，一个骑住腰，使劲打起来。连留孩也上了手，拽住他企图往上翻拗的腿。一边打，一边说、骂；丁贵甲在下面一边招架，一边笑，说。

"我看见灯……还亮着……我说，试试这几个小鬼！……我早就进屋了！拨开门划，躲在外屋……我嘻嘻嘻……叫了一声，听见老九，嘻嘻嘻嘻——"

"我听见'嗬——咩'的一声，像是只老公羊！是你！这小子！这小子！"

"老九……拿了手电嘻嘻就……走！还拿着你娘的……火枪嘻嘻，呜嗯，别打头！小吕嘻嘻嘻拿他妈一根破标……枪嘻嘻，你们只好……去吓鸟！"

这么一边说着，打着，笑着，滚着，闹了半天，直到丁贵甲在下面说：

"好香！炖了……山药……炖了！哎哟……我可饿了！"

他们才放他起来。留孩又去捅了捅炉子，把高山顶又坐热了，大家一边吃山药，一边喝茶，一边又重复地演述着刚才的经过。

他们吃着，喝着，说了又说，笑了又笑。当中又夹着按倒，拳击，捧腹，搂抱，表演，比画。他们高兴极了，快乐极了，简直把这间小屋要闹翻了，涨破了，这几个小鬼！他们完全忘记了现在是很深的黑夜。

六、明　天

明天，他们还会要回味这回事，还会说、学、表演、大笑，而且等张士林回来一定会告诉张士林，会告诉陈素花、恽美兰，并且也会说给大老张听的。将来有一天，他们聚在一起，还会谈起这一晚上的事，还会觉得非常愉快。今夜，他们笑够了，闹够了，现在都安静了，睡下了。起先，隔不一会儿还有人含含糊糊地说一句什么，不知是醒着还是在梦里，后来就听不到一点声息了。这间在昏黑中哗闹过、明亮过的半坡上的羊舍屋子，沉静下来，在拥抱着四山的广阔、丰美、充盈的暗夜中消融。一天就这样地过去了。夜在进行着，夜和昼在渗入，交递，开往北京的216次列车也正在轨路上奔驰。

明天，就又是一天了。小吕将会去找黄技师，置办他的心爱的嫁接刀。老九在大家的帮助下，会把行李结束起来，走上他当一个钢铁工人的路。当然，他会把他新编得的羊鞭交给留孩。留孩将要来这个"很好的"农场里当一名新一代的牧羊工。征兵的消息已经传开，说不定场子里明天就接到通知，叫丁贵甲到曾经医好他肺结核的医院去参加体格检查，准备入伍、受训，在他所没有接触过的山水风物之间，在蓝天或绿海上，戴起一顶缀着星徽的军帽。这些，都在夜间趋变为事实。

这也只是一个平常的夜。但是人就是这样一天一天，一黑夜一黑夜地长起来的。正如同庄稼，每天观察，差异也都不太明显，然而它发芽了，出叶了，拔节了，孕穗了，抽穗了，灌浆了，终于成熟了。这四个现在在一排并睡着的孩子（四个枕头各托着一个蓬蓬松松的脑袋），他们也将这样发育起来。在党无远弗及的阳光照煦下，经历一些必要的风风雨雨，都将迅速、结实、精壮地成长起来。

现在，他们都睡了。灯已经灭了。炉火也封住了。但是从煤块的缝隙里，有隐隐的火光在泄漏，而映得这间小屋充溢着薄薄的，十分柔和的，蔼然的红晖。

睡吧，亲爱的孩子。

一九六一年十一月二十五日写成

黄油烙饼

萧胜跟着爸爸到口外去。

萧胜满七岁，进八岁了。他这些年一直跟着奶奶过。他爸的工作一直不固定。一会儿修水库啦，一会儿大炼钢铁啦。他妈也是调来调去。奶奶一个人在家乡，说是冷清得很。他三岁那年，就被送回老家来了。他在家乡吃了好些萝卜白菜，小米面饼子，玉米面饼子，长高了。

奶奶不怎么管他。奶奶有事。她老是找出一些零碎料子给他接衣裳，接褂子，接裤子，接棉袄，接棉裤。他的衣服都是接成一道一道的，一道青，一道蓝。倒是挺干净的。奶奶还给他做鞋。自己打袼褙，剪样子，

纳底子，自己绱。奶奶老是说："你的脚上有牙，有嘴？""你的脚是铁打的！"再就是给他做吃的。小米面饼子，玉米面饼子，萝卜白菜——炒鸡蛋，熬小鱼。他整天在外面玩。奶奶把饭做得了，就在门口嚷："胜儿！回来吃饭咧！——"

后来办了食堂。奶奶把家里的两口锅交上去，从食堂里打饭回来吃。真不赖！白面馒头，大烙饼，卤虾酱炒豆腐，焖茄子，猪头肉！食堂的大师傅穿着白衣服，戴着白帽子，在蒸笼的白蒙蒙的热气中晃来晃去，拿铲子敲着锅边，还大声嚷叫。人也胖了，猪也肥了。真不赖！

后来就不行了。还是小米面饼子，玉米面饼子。

后来小米面饼子里有糠，玉米面饼子里有玉米核磨出的楂子，拉嗓子。人也瘦了，猪也瘦了。往年，攥个猪可费劲哪。今年，一伸手就把猪后腿攥住了。挺大一个克郎，一挤它，咕咚就倒了。掺假的饼子不好吃，可是萧胜还是吃得挺香。他饿。

奶奶吃得不香。她从食堂打回饭来，掰半块饼子，嚼半天。其余的，都归了萧胜。

奶奶的身体原来就不好。她有个气喘的病，每年冬天都犯。白天还好，晚上难熬。萧胜躺在炕上，听奶奶呵喽呵喽地喘。睡醒了，还听她呵喽呵喽。他想，奶奶呵喽了一夜。可是奶奶还是呵喽着起来了，呵喽着给他到食堂去打早饭，打掺了假的小米饼子，玉米饼子。

爸爸去年冬天回来看过奶奶。他每年回来，都是冬天。爸爸带回来半麻袋土豆，一串口蘑，还有两瓶黄油。爸爸说，土豆是他分的；口蘑是他自己采，自己晾的；黄油是"走后门"搞来的。爸爸说，黄油是牛奶炼的，很"营养"，叫奶奶抹饼子吃。土豆，奶奶借锅来蒸了，煮了，放在灶火里烤了，给萧胜吃了。口蘑过年时打了一次卤。黄油，奶奶叫爸爸拿回去："你们吃吧。这么贵重的东西！"爸爸一定要给奶奶留下。奶奶把黄油留下了，可是一直没有吃。奶奶把两瓶黄油放在躺柜上，时不时地拿抹布擦擦。黄油是个啥东西？牛奶炼的？隔着玻璃，看得见它的颜色是嫩黄嫩黄的。去年小三家生了小四，他看见小三他妈给小四用松花粉扑痱子。黄油的颜色就像松花粉。油汪汪的，很好看。奶奶说，这是能吃的。萧胜不想吃。他没有吃过，不馋。

奶奶的身体越来越不好。她从前从食堂打回饼子，能一气走到家。现在不行了，走到歪脖柳树那儿就得歇一会儿。奶奶跟上了年纪的爷爷、奶奶们说："只怕是过得了冬，过不得春呀。"萧胜知道这不是好话。这是一句骂牲口的话。"哎！看你这乏样儿！过得了冬过不得春！"果然，春天不好过。村里的老头老太太接二连三地死了。镇上有个木业生产合作社，原来打家具、修犁耙，都停了，改了打棺材。村外添了好些新坟，好些白幡。奶奶不行了，她浑身都肿。用手指按一按，老大一个坑，半天不起来。她求人写信叫儿子回来。

爸爸赶回来，奶奶已经咽了气了。

爸爸求木业社把奶奶屋里的躺柜改成一口棺材，把奶奶埋了。晚上，坐在奶奶的炕上流了一夜眼泪。

萧胜一生第一次经验什么是"死"。他知道"死"就是"没有"了。他没有奶奶了。他躺在枕头上，枕头上还有奶奶的头发的气味。他哭了。

奶奶给他做了两双鞋。做得了，说："来试试！"——"等会儿！"刺溜，他跑了。萧胜醒来，光着脚把两双鞋都试了试。一双正合脚，一双大一些。他的赤脚接触了搪底布，感觉到奶奶纳的底线，他叫了一声"奶奶！"又哭了一气。

爸爸拜望了村里的长辈，把家里的东西收拾收拾，把一些能应用的锅碗瓢盆都装在一个大网篮里。把奶奶给萧胜做的两双鞋也装在网篮里。把两瓶动都没有动过的黄油也装在网篮里。锁了门，就带着萧胜上路了。

萧胜跟爸爸不熟。他跟奶奶过惯了。他起先不说话。他想家，想奶奶，想那棵歪脖柳树，想小三家的一对大白鹅，想蜻蜓，想蝈蝈，想挂大扁飞起来格格地响，露出绿色硬翅膀底下的桃红色的翅膜……后来跟爸爸熟了。他是爸爸呀！他们坐了汽车，坐火车，后来又坐汽车。爸爸很好。爸爸老是引他说话，告诉他许多口外的事。他的话越来越多，问这问那。他对"口外"产生了很浓厚的兴趣。

他问爸爸啥叫"口外"。爸爸说"口外"就是张家口以外，又叫"坝上"。"为啥叫坝上？"他以为"坝"是一个水坝。爸爸说到了就知道了。

敢情"坝"是一溜大山。山顶齐齐的，倒像个坝。可是真大！汽车一个劲地往上爬。汽车爬得很累，好像气都喘不过来，不停地哼哼。上了大山，嘿，一片大平地！真是平呀！又平又大。像是擀过的一样。怎么可以这样平呢！汽车一上坝，就撒开欢了。它不哼哼了，"刷——"一直往前开。一上了坝，气候忽然变了。坝下是夏天，一上坝就像秋天。忽然，就凉了。坝上坝下，刀切的一样。真平呀！远远有几个小山包，圆圆的。一棵树也没有。他的家乡有很多树。榆树，柳树，槐树。这是个什么地方！不长一棵树！就是一大片大平地，碧绿的，长满了草。有地。这地块真大。从这个小山包一匹布似的一直扯到了那个小山包。爸爸告诉他：有一个农民牵了一头母牛去犁地，犁了一趟，回来时候母牛带回来一个新下的小牛犊，已经三岁了！

汽车到了一个叫沽源的县城，这是他们的最后一站。一辆牛车来接他们。这车的样子真可笑，车轱辘是两个木头饼子，还不怎么圆，骨碌碌，骨碌碌，往前滚。他就仰面躺在牛车上，上面是一个很大的蓝天。牛车真慢，还没有他走得快。他有时下来掐两朵野花，走一截，又爬上车。

这地方的庄稼跟口里也不一样。没有高粱，也没有老玉米，种莜麦，胡麻。莜麦干净得很，好像用水洗过，梳过。胡麻打着把小蓝伞，秀秀气气，不像是庄稼，倒像是种着看的花。

嚄，这一大片马兰！马兰他们家乡也有，可没有这里的高大。长齐大人的腰那么高，开着巴掌大的蓝蝴蝶一样的花。一眼望不到边。这一大片马兰！他这辈子也忘不了。他像是在一个梦里。

牛车走着走着。爸爸说：到了！他坐起来一看，一大片马铃薯，都开着花，粉的、浅紫蓝的、白的，一眼望不到边，像是下了一场大雪。花雪随风摇摆着，他有点晕。不远有一排房子，土墙、玻璃窗。这就是爸爸工作的"马铃薯研究站"。土豆——山药蛋——马铃薯。马铃薯是学名，爸说的。

从房子里跑出来一个人。"妈妈——！"他一眼就认出来了！妈妈跑上来，把他一把抱了起来。

萧胜就要住在这里了，跟他的爸爸、妈妈住在一起了。

奶奶要是一起来，多好。

萧胜的爸爸是学农业的，这几年老是干别的。奶奶问他："为什么总是把你调来调去的？"爸说："我好欺负。"马铃薯研究站别人都不愿来，嫌远。爸愿意。妈是学画画的，前几年老画两个娃娃拉不动的大萝卜啦，上面张个帆可以当作小船的豆荚啦。她也愿意跟爸爸一起来，画"马铃薯图谱"。

妈给他们端来饭。真正的玉米面饼子，两大碗粥。妈说这粥是草籽熬的。有点像小米，比小米小，绿莹莹的挺稠，挺香。还有一大盘鲫鱼，好大。爸说别处的鲫鱼很少有过一斤的，这儿"淖"里的鲫鱼有一斤二两的，鲫鱼吃草籽，长得肥。草籽熟了，风把草籽刮到淖里，鱼就吃草籽。萧胜吃得很饱。

爸说把萧胜接来有三个原因。一是奶奶死了，老家没有人了。二是萧胜该上学了，暑假后就到不远的一个完小去报名。三是这里吃得好一些。口外地广人稀，总好办一些。这里的自留地一个人有五亩！随便刨一块地就能种点东西。爸爸和妈妈就在"研究站"旁边开了一块地，种了山药，南瓜。山药开花了，南瓜长了骨朵了。用不了多久，就能吃了。

马铃薯研究站很清静，一共没有几个人。就是爸爸、妈妈，还有几个工人。工人都有家。站里就是萧胜一家。这地方，真安静。成天听不到声音，除了风吹莜麦穗子，沙沙地像下小雨；有时有小燕吱喳地叫。

爸爸每天戴个草帽下地跟工人一起去干活，锄山药。有时查资料，看书。妈一早起来到地里掐一大把山药花，一大把叶子，回来插在瓶子里，聚精会神地对着它看，一笔一笔地画。画的花和真的花一样！萧胜每天跟妈一同下地去，回来鞋和裤脚沾得都是露水。奶奶做的两双新鞋还没有上脚，妈把鞋和两瓶黄油都锁在柜子里。

白天没有事，他就到处去玩，去瞎跑。这地方大得很，没遮没挡，跑多远，一回头还能看到研究站的那排房子，迷不了路。他到草地里去看牛、看马、看羊。

他有时也去莳弄莳弄他家的南瓜、山药地。锄一锄，从机井里打半桶水浇浇。这不是为了玩。萧胜是等着要吃它们。他们家不起火，在大队食堂打饭，食堂里的饭越来越不好。草籽粥没有了，玉米面饼子也没有了。现在吃红高粱饼子，喝甜菜叶子做的汤。再下去大概还要坏。萧胜有点饿怕了。

他学会了采蘑菇。起先是妈妈带着他采了两回，后来，他自己也会了。下了雨，太阳一晒，空气潮乎乎的，闷闷的，蘑菇就出来了。蘑菇这玩意很怪，都长在"蘑菇圈"里。你低下头，侧着眼睛一看，草地上远远的有一圈草，颜色特别深，黑绿黑绿的，隐隐约约看到几个白点，那就是蘑菇圈。滴溜圆。蘑菇就长在这一圈深颜色的草里。圈里面没有，圈外面也没有。蘑菇圈是固定的。今年长，明年还长。哪里有蘑菇圈，老乡们都知道。

有一个蘑菇圈发了疯。它不停地长蘑菇，呼呼地长，三天三夜一个劲地长，好像是有鬼，看着都怕人。附近七八家都来采，用线穿起来，挂在房檐底下。家家都挂了三四串，挺老长的三四串。老乡们说，这个圈明年就不会再长蘑菇了，它死了。萧胜也采了好些。他兴奋极了，心里直跳。"好家伙！好家伙！这么多！这么多！"他发了财了。

他为什么这样兴奋？蘑菇是可以吃的呀！

他一边用线穿蘑菇，一边流出了眼泪。他想起奶奶，他要给奶奶送两串蘑菇去。他现在知道，奶奶是饿死的。人不是一下饿死的，是慢慢地饿死的。

食堂的红高粱饼子越来越不好吃，因为掺了糠。甜菜叶子汤也越来越不好喝，因为一点油也不放了。他恨这种掺糠的红高粱饼子，恨这种不放油的甜菜叶子汤！

他还是到处去玩，去瞎跑。

大队食堂外面忽然热闹起来。起先是拉了一牛车的羊砖来。他问爸爸这是什么，爸爸说："羊砖。"——"羊砖是啥？"——"羊粪压紧了，切成一块一块。"——"干啥用？"——"烧。"——"这能烧吗？"——"好烧着呢！火顶旺。"后来盘了个大灶。后来杀了十来只羊。萧胜就站在旁边看杀羊。他还没有见过杀羊。嘿，一点血都流不到外面，完完整整就把一张羊皮剥下来了！

这是要干啥呢？

爸爸说，要开三级干部会。

"啥叫三级干部会？"

"等你长大了就知道了！"

三级干部会就是三级干部吃饭。

大队原来有两个食堂，南食堂，北食堂，当中隔一个院子，院子里还搭了个小棚，下雨天也可以两个食堂来回串。原来"社员"们分在两个食堂吃饭。开三级干部会，就都挤到北食堂来。南食堂空出来给开会干部用。

三级干部会开了三天，吃了三天饭。头一天中午，羊肉口蘑臊子蘸莜面。第二天炖肉大米饭。第三天，黄油烙饼。晚饭倒是马马虎虎的。

"社员"和"干部"同时开饭。社员在北食堂，干部在南食堂。北食堂还是红高粱饼子，甜菜叶子汤。北食堂的人闻到南食堂里飘过来的香味，就说："羊肉口蘑臊子蘸莜面，好香好香！""炖肉大米饭，好香好香！""黄油烙饼，好香好香！"

萧胜每天去打饭，也闻到南食堂的香味。羊肉、米饭，他倒不稀罕；他见过，也吃过。黄油烙饼他连闻都没闻过。是香，闻着这种香味，真想吃一口。

回家，吃着红高粱饼子，他问爸爸："他们为什么吃黄油烙饼？"

"他们开会。"

"开会干吗吃黄油烙饼？"

"他们是干部。"

"干部为啥吃黄油烙饼？"

"哎呀！你问得太多了！吃你的红高粱饼子吧！"

正在咽着红饼子的萧胜的妈忽然站起来，把缸里的一点白面倒出来，又从柜子里取出一瓶奶奶没有动过的黄油，启开瓶盖，挖了一大块，抓了一把白糖，兑点起子，擀了两张黄油发面饼。抓了一把莜麦秸塞进灶火，烙熟了。黄油烙饼发出香味，和南食堂里的一样。妈把黄油烙饼放在萧胜面前，说：

"吃吧，儿子，别问了。"

萧胜吃了两口，真好吃。他忽然咧开嘴痛哭起来，高叫了一声："奶奶！"

妈妈的眼睛里都是泪。

爸爸说："别哭了，吃吧。"

萧胜一边流着一串一串的眼泪，一边吃黄油烙饼。他的眼泪流进了嘴里。黄油烙饼是甜的，眼泪是咸的。

荷兰奶牛肉

中午收工，农业科学研究所的工人都听说，荷兰奶牛叫火车撞死了。大家心里暗暗高兴。

农业科学研究所是"农业"科学研究所，不是畜牧业科学研究所。主要研究的是大田作物——谷子、水稻，果树，蔬菜，马铃薯晚疫病防治，土壤改良，植物保护……但是它也兼管牧业。养了一群羊，大概有四百多只。为什么养羊呢？因为有一只纯种高加索种公羊。这只公羊体态雄伟，神情高傲。它的精子被授予了很多母羊，母羊生下的小羊全都变了样子，毛厚，肉多，尾巴从扁不塌塌的变成了垂挂着的一条。这一带的羊都是这头种公羊的第二代或第三代。养羊是为了改良羊种，这有点科学意义。所里还养了不少猪，因为有两只种公猪，一只巴克夏，一只约克夏。这两只公猪相貌狞恶，长着獠牙，雄性十足。它们的后代也很多了，附近的小猪也都变了样子，都是短嘴，大腮，长得很快，只是没有猪鬃。养猪是为了改良猪种，这也有科学价值。为什么要弄来一头荷兰奶牛呢？谁也不明白。是为了改良牛种？它是母牛，没有精子。为了挤奶？挤了奶拿到堡（这里把镇子叫作"堡"）里去卖？这里的农民没有喝牛奶的习惯；而且中国农民的生活水平距离喝牛奶还差得很远。为了改善所里职工生活？也不像。领导上再关心所里的职工，也不会特意弄了一条奶牛来让大家每天喝牛奶。这牛是所里从研究经费里拿出钱来买的呢，还是农业局拨到这里喂养的呢？工人们都不清楚，只听说牛是进口的，要花很多钱。花了多少钱呢，不打听。打听这个干啥？没用！

大家起初对这头奶牛很稀罕。很多工人还没见过这种白地黑斑粉红肚皮的牲口，上工下工路过牛圈，总爱看两眼。这种兴趣很快就淡了。应名儿叫个"奶牛"，可是不出奶！这怪不得它。没生小牛，哪里来的奶呢？它可是吃得很多，很好。除了干草，喂的全是精饲料：

加了盐煮熟的黑豆、玉米、高粱。有的工人看见它卧在牛圈里倒嚼，会无缘无故地骂它一声。

干吗生它的气呢？因为牛吃得足，人吃不饱。这是什么时候？一九六〇年。农科所本来吃得不错。这个所里的工人，除了固定的长期工，多一半是从各公社调来的合同工。合同工愿意来，一是每月有二十九块六毛四的工资，同时也因为农科所伙食好。过去，出来当长工，对于主家的要求，无非是：一，大工价；二，好饭食。农科所两样都不缺。二十九块六毛四，在当地的农民看起来，是个"可以"的数目。所里有自己的菜地，自己的猪，自己的羊，自己的粉坊，自己的酒厂。不但伙食好，也便宜。主食通常都是白面、莜面。食堂里每天供应两个菜，甲菜和乙菜。甲菜是肉菜。猪肉炖粉条子，山药（即土豆）西葫芦炖羊肉。乙菜是熬大白菜，炒疙瘩白，油不少。五八年大跃进，天天像过年。

五八年折腾了一年，五九年就不行了。

春节吃过一顿包饺子。插秧、锄地吃了两顿莜面压饸饹。照规矩锄地是应该吃油糕（油煎黄米糕）的。"锄地不吃糕，锄了大大留小小"（锄去壮苗，留下弱苗）。不吃油糕，也得给顿莜面吃。除此之外，再没见过个莜面、白面，都是吃红高粱面饼子。到了下半年，连高粱糠一起和在面里，吃得人拉不出屎来。所里一个总务员和食堂的大师傅创制出十好几样粗粮细做的点心：谷糠做的桃酥、苹果树叶子磨碎了加了白面做的"八件"等等。还开了个展览会，请有关单位的负责人来参观、品尝。这些负责人都交口称赞："好吃！""好吃！"那能不好吃？放了那么多白糖、胡麻油！这个展览会还在报上发了消息，可是这能大量做，天天吃，能推广吗？几位技师、技术员把日常研究工作都停了，集中力量鼓捣小球藻、人造肉。工人们对此不感兴趣，认为是瞎掰。这点灰绿色的稀汤汤，带点味精味儿的凉粉一样的东西就能顶粮食？顶肉？

农科所向例对职工间长不短地有福利照顾。苹果下来的时候，每人卖给二十斤苹果。收萝卜的时候，卖给三十斤心里美。起葱的时候，卖给一捆大葱，五十来斤。苹果，用网兜装了挂在床头墙上，饿了，就摸出一个嚼嚼。三十斤萝卜，值不当窖起来，堆在床底下又容易糠了，工人们大都用一堆沙把萝卜埋起来，隔两三天浇一点水，想吃的时候，掏出一个来，总是脆的。大葱，怎么吃呢？——烧葱。这时候天冷了，已经生了炉子，把葱搁在炉盘上，翻几个个儿，就熟了。一间工人宿舍，两头都有炉子，二十多人一起烧葱，一屋子都是葱香。葱烧熟了，是甜的。苹果、萝卜、葱，都好吃，但是"不解决问题"。怎么才"解决问题"？得吃肉。

一九五九年一年，很少吃肉。甲菜早就没有了。连乙菜也由"下搭油"（油熥锅）改为"上搭油"（白水熬白菜，菜熟了舀一勺油浇在上面）。七月间吃过一次猪肉。是因为猪场有几个"克郎"实在弱得不行了，用手轻轻一推，就倒了，再不杀，也活不了几天。开开膛一看，连皮带膘加上瘦肉，还不到半寸厚。煮出来没有一点肉香。而且一个人分不到几片。国庆节杀了两只羊。羊倒还好。羊吃百样草，不喂它饲料，单吃一点槐树叶子，它也长肉。这还算是个肉。从吃了那一顿肉到今天，几个月了？工人们都非常想吃肉。想得要命。很多工人夜里做梦吃肉，吃得非常痛快，非常过瘾。

农科所的工人的生活其实比一般社员要好多了。农科所没有饿死一个人，得浮肿的也没有几个。堡里可是死了一些人。多一半是老头老奶奶。堡里原来有个"木业社"（木业生产合作社），是打家具的，改成了做棺材。铁道两边种的都是榆树，榆树皮都叫人剥了，露出雪白雪白的光秃的树干。榆皮磨粉是可以吃的。平常年月，压荞面饸饹，要加一点榆皮面，这才滑溜，好吃。那是为了好吃。现在剥榆皮磨成面，是为了充饥。

农科所的党支部书记老季，季支书，看了铁路两旁雪白雪白的榆树树干，大声说："这成了什么样子！"

铁路两旁的榆树光秃秃的，雪白雪白的。

这成了什么样子！农科所的工人想吃肉，想得要命。他们做梦吃肉。

谁也没料到，荷兰奶牛会叫火车撞死了。

大概的经过是这样：牛不知道怎么把牛圈的栅栏弄开了，自己走了出来。干部在办公室，工人在地里，谁也没发现。它自己溜溜达达，溜到火车站（以上是想象）。恰好一列客车进站，已经过了扬旗，牛忽就从月台上跳下了轨道。火车已经拉了闸，还用余力滑行了一段。牛用头去顶火车。火车停了，牛死了。牛身上没流一滴血，连皮都没破（以上是火车站的人目击）。车站的搬运工把牛抬上来，火车又开走了。这次事故是奶牛自找的，谁也没有责任。

火车站通知农科所。所里派了几个工人，用一辆三套大车把牛拉了回来。

所领导开了一个简短的会，研究如何处理荷兰奶牛的遗骸。只有一个办法：皮剥下来，肉吃掉。卖给干部家属一部分，一户三斤；其余的肉，切块，炖了。

下午出工后不久，牛肉已经下了锅。工人们在地里好像已经闻到牛肉香味。这天各组收工特别的早。工人们早早就拿了两个大海碗（工人都有两个海碗，一个装菜，一个装饭），用筷子敲着碗进了食堂，在买饭的窗口排成了两行，等着。到点了，咋还不开窗，等啥？

等季支书。季支书要来对大家进行教育。

季支书来了，讲话。略谓：

"荷兰奶牛被火车撞死了，你们有人很高兴，这是什么思想！这是国家财产多大的损失？你们知道这头奶牛是多少钱买的吗？"

有个叫王全的工人有个毛病，喜欢在领导讲话时插嘴。王全说："知不道。"

"知不道！你就知道个吃！你知道这牛肉按成本，得多少钱一斤？一碗炖牛肉要是按本收费，得多少钱一碗？"

王全本来还想回答一句"知不道"，旁边有个工人拉了他一把，他才不说了。

季支书接着批评了工人的劳动态度：

"下了地，先坐在地头抽烟。等抽够了烟，半个小时过去了，这才拿起铁锹动弹！"

王全又忍不住插嘴：

"不动弹，不好看；一动弹，一身汗！"

季支书不理他，接着说：

"下地比画两下，又该歇息了。一歇又是半个小时。再起来，再比画比画，该收工了！你们这样，对得起党，对得起人民，对得起这碗炖牛肉吗？——王全，你不要瞎插嘴！"

季支书接着把我们的生活和苏联做了比较，说是有一个国际列车的乘务员从苏联带回来一个黑列巴，里面掺了锯末，还有一根钉子，说："咱们现在吃红高粱饼子，总比黑列巴要好些嘛！不要身在福中不知福。古话说：能忍自安，要知足。"

接着又说到国际形势："今天，你们吃炖牛肉，要想到世界上还有三分之二的人，还处在水深火热之中。我们要支援他们，解放他们。要放眼世界，胸怀全地球……"

他天上一句，地下一句，讲了半天。牛肉在锅里咕嘟咕嘟冒着泡，香味一阵一阵地往外飘，工人们嘴里的清水一阵一阵往外漾，肚里的馋虫一阵一阵往上拱。好容易，他讲完了，对着窗口喊了一声："开饭！给大伙盛肉！"

这天，还蒸了白面馒头。半斤一个，像个小枕头似的，一人俩。所里还一人卖给半斤酒。这酒是甜菜疙瘩、高粱糠还有菜帮子一块蒸的，味道不咋的，但是度数不低，很有劲。工人们把牛肉、馒头都拿回宿舍里去吃。他们习惯盘腿坐在炕上吃饭。霎时间，几间宿舍里酒香、肉香、葱香，搅作一团。炉子烧得旺旺的。气氛好极了。他们既不猜拳，也不说笑，只是埋着头，努力地吃着。

季支书离了工人大食堂，直奔干部小食堂。小食堂里气氛也极好。副所长姓黄，精于烹饪。他每隔二十分钟就要到小食堂去转一次，指导大师傅烧水、下肉、撇沫子，下葱姜大料，尝咸淡味儿、压火、收汤。他还吩咐到温室起出五斤蒜黄，到蘑菇房摘五斤鲜蘑菇，分别炒了骨堆堆两大盘。等到技师、技术员、行政干部都就座后，他当场表演，炒了一个生炒牛百叶，脆嫩无比。酒敞开了喝。酒库的钥匙归季支书掌握，随时可以开库取酒。他们喝的是存下的纯粮食酒。季支书是个酒仙。平常每顿都要喝四两。这天，他喝了一斤。

荷兰奶牛肉好吃吗？非常好吃。细，嫩，鲜，香。

时一九六〇年初春，元旦已过，春节将临。

一九八八年十二月七日

七里茶坊

我在七里茶坊住过几天。

我很喜欢七里茶坊这个地名。这地方在张家口东南七里，当初想必是有一些茶坊的。中国的许多计里的地名，大都是行路人给取的。如三里河、二里沟、三十里铺。七里茶坊大概也是这样。远来的行人到了这里，说："快到了，还有七里，到茶坊里喝一口再走。"送客上路的，到了这里，客人就说："已经送出七里了，请回吧！"主客到茶坊又喝了一壶茶，说了些话，出门一揖，就此分别了。七里茶坊一定萦系过很多人的感情。不过现在却并无一家茶坊。我去找了找，连遗址也无人知道。"茶坊"是古语，在《清明上河图》

《东京梦华录》《水浒传》里还能见到。现在一般都叫"茶馆"了。可见，这地名的由来已久。

这是一个中国北方的普通的市镇。有一个供销社，货架上空空的，只有几包火柴、一堆柿饼。两只乌金釉的酒坛子擦得很亮，放在旁边的酒提子却是干的。柜台上放着一盆麦麸子做的大酱。有一个理发店，两张椅子，没有理发的，理发员坐着打瞌睡。有一个邮局。一个新华书店，只有几套毛选和一些小册子。路口矗着一面黑板，写着鼓动冬季积肥的快板，文后署名"文化馆宣"，说明这里还有个文化馆。快板里写道："天寒地冻百不咋①，心里装着全天下。"轰轰烈烈的大跃进已经过去，这种豪言壮语已经失去热力。前两天下过一场小雨，雨点在黑板上抽打出一条一条斜道。路很宽，是土路。两旁的住户人家，也都是土墙土顶（这地方风雪大，房顶多是平的）。连路边的树也都带着黄土的颜色。这个长城以外的土色的冬天的市镇，使人起悲凉的感觉。

除了店铺人家，这里有几家车马大店。我就住在一

七里茶坊

---

① 无所谓、没关系的意思。

家车马大店里。

我头一回住这种车马大店。这种店是一看就看出来的，街门都特别宽大，成天敞开着，为了好进出车马。进门是一个很宽大的空院子。院里停着几辆大车，车辕向上，斜立着，像几尊高射炮。靠院墙是一个长长的马槽，几匹马面墙拴在槽头吃料，不停地甩着尾巴。院里照例喂着十多只鸡。因为地上有撒落的黑豆、高粱，草里有稗子，这些母鸡都长得极肥大。有两间房，是住人的。都是大炕。想住单间，可没有。谁又会上车马大店里来住一个单间呢？"碗大炕热"，就成了这类大店招徕顾客的口碑。

我是点名住到这种大店里来的呢？

我在一个农业科学研究所下放劳动，已经两年了。有一天生产队长找我，说要派几个人到张家口去掏公共厕所，叫我领着他们去。为什么找到我头上呢？说是以前去了两拨人，都闹了意见回来了。我是个下放干部，在工人中还有一点威信，可以管得住他们，云云。究竟为什么，我一直也不太明白。但是我欣然接受了这个任务。

我打好行李，挎包里除了洗漱用具，带了一支大号的3B烟斗，一袋掺了一半榆树叶的烟草，两本四部丛刊本《分类集注杜工部集》，坐上单套马车，就出发了。

我带去的三个人，一个老刘、一个小王，还有一个老乔，连我四个。

我拿了介绍信去找市公共卫生局的一位"负责同志"。他住在一个粪场子里。一进门，就闻到一股奇特的酸味。我交了介绍信，这位同志问我：

"你带来的人，咋样？"

"咋样？"

"他们，啊，啊，啊……"

他"啊"了半天，还是找不到合适的词句。这位负责同志大概不大认识字。他的意思我其实很明白，他是问他们政治上可靠不可靠。他怕万一我带来的人会在公共厕所的粪池子里放一颗定时炸弹。虽然他也知道这种可能性极小，但还是问一问好。可是他词不达意，说不出这种报纸语言。最后还是用一句不很切题的老百姓话说：

"他们的人性咋样？"

"人性挺好！"

"那好。"

他很放心了，把介绍信夹到一个卷宗里，给我指定了桥东区的几个公厕。事情办完，他送我出"办公室"，顺便带我参观了一下这座粪场。一边堆着好几垛晒好的粪干，平地上还晒着许多薄饼一样的粪片。

"这都是好粪，不掺假。"

"粪还掺假？"

"掺！"

"掺什么？土？"

"哪能掺土！"

"掺什么？"

"酱渣子。"

"酱渣子？"

"酱渣子，味道、颜色跟大粪一个样，也是酸的。"

"粪是酸的？"

"发了酵。"

我于是猛吸了一口气，品味着货真价实、毫不掺假的粪干的独特的、不能代替的、余韵悠长的酸味。

据老乔告诉我，这位负责同志原来包掏公私粪便，手下用了很多人，是一个小财主。后来成了卫生局的工作人员，成了"公家人"，管理公厕。他现在经营的两个粪场，还是很来钱。这人紫棠脸，阔嘴岔，方下巴，眼睛很亮，虽然没有文化，但是看起来很精干。他虽不大长于说"字儿话",但是当初在指挥粪工、洽谈生意时，所用语言一定是很清楚畅达，很有力量的。

掏公共厕所，实际上不是掏，而是凿。天这么冷，粪池里的粪都冻得实实的，得用冰镩凿开，破成一二尺见方大小不等的冰块，用铁锹起出来，装在单套车上，运到七里茶坊，堆积在街外的空场上。池底总有些没有冻实的稀粪，就刮出来，倒在事先铺好的干土里，像和泥似的和好。一夜工夫，就冻实了。第二天，运走。隔三四天，所里车得空，就派一辆三套大车把积存的粪冰运回所里。

看车把式装车，真有个看头。那么沉的、滑滑溜溜的冰块，照样装得整整齐齐，严严实实，拿绊绳一煞，纹丝不动。走个百八十里，不兴掉下一块。这才真叫"把式"！

"叭——"的一鞭，三套大车走了。我心里是高兴的。我们给所里做了一点事了。我不说我思想改造得如何好，对粪便产生了多深的感情，但是我知道这东西很贵。我并没有做多少，只是在地面上挖一点干土，和粪。为了照顾我，不让我下池子凿冰。老乔呢，说好了他是来玩的，只是招招架架，跑跑颠颠。活，主要是老刘和小王干的。老刘是个使冰镩的行家，小王有的是

七里茶坊

1
9
7

力气。

这活脏一点，倒不累，还挺自由。

骡马大店的东房，——正房是掌柜的一家人自己住的——南北相对，各有一铺能睡七八个人的炕，——挤一点，十个人也睡下了。快到春节了，没有别的客人，我们四个人占据了靠北的一张炕，很宽绰。老乔岁数大，睡炕头。小王火力壮，把门靠边。我和老刘睡当间。我那位置很好，靠近电灯，可以看书。两铺炕中间，是一口锅灶。

天一亮，年轻的掌柜的就推门进来，点火添水，为我们做饭，——推莜面窝窝。我们带来一口袋莜面，顿顿饭吃莜面，而且都是推窝窝。——莜面吃完了，三套大车会又给我们捎来的。小王跳到地下帮掌柜的拉风箱，我们仨就拥着被窝坐着，欣赏他推窝窝的手艺。——这么冷的天，一大清早就让他从内掌柜的热被窝里爬出来为我们做饭，我心里实在有些歉然。不大一会儿，莜面蒸上了，屋里弥漫着白蒙蒙的蒸气，很暖和，叫人懒洋洋的。可是热腾腾的窝窝已经端到炕上了。刚出屉的莜面，真香！用蒸莜面的水，洗了脸，我们就蘸着麦麸子做的大酱吃起来。没有油，没有醋，尤其是没有辣椒！可是你得相信我说的是真话：我一辈子很少吃过这么好吃的东西。那是什么时候呀？——一九六〇年！

我们出工比较晚。天太冷。而且得让过人家上厕所的高潮。八点多了，才赶着单套车到市里去。中午不回来。有时由我掏钱请客，去买一包"高价点心"，找个背风的角落，蹲下来，各人抓了几块嚼一气。老乔、我、小王拿一副老掉了牙的扑克牌接龙、鳖七。老刘在呼呼的风声里居然敢把脑袋缩在老羊皮袄里睡一觉，还挺香！下午接着干。四点钟装车，五点多就回到七里茶坊了。

一进门，掌柜的已经拉动风箱，往灶火里添着块煤，为我们做晚饭了。

吃了晚饭，各人干各人的事。老乔看他的《啼笑因缘》。他这本《啼笑因缘》是个古本了，封面封底都没有了，书角都打了卷，当中还有不少缺页。可是他还是戴着老花镜津津有味地看，而且老看不完。小王写信，或是躺着想心事。老刘盘着腿一声不响地坐着。他这样一声不响地坐着，能够坐半天。在所里我就见过他到生产队请一天假，哪儿也不去，什么也不干，就是坐着。我发现不止一个人有这个习惯。一年到头的劳累，坐一天是很大的享受，也是他们迫切的需要。人，有时需要休息。他们不叫休息，就叫"坐一天"。他们去请假的理由，也是："我要坐一天。"中国的农民，对于生活的要求真是太小了。我，就靠在被窝上读杜诗。杜诗读完，就压在枕头底下。这铺炕，炕沿的缝隙跑烟，把我的《杜工部集》的一册的封面熏成了褐黄色，留下一个难忘的、美好的纪念。

有时，就有一句没一句，东拉西扯地瞎聊天。吃着柿饼子，喝着蒸锅水，抽着掺了榆树叶子的烟。这烟是农民用包袱包着私卖的，颜色是灰绿的，劲头很不足，抽烟的人叫它"半口烟"。榆树叶子点着了，发出一种焦煳的，然而分明地辨得出是榆树的气味。这种气味使我多少年后还难于忘却。

小王和老刘都是"合同工"，是所里和公社订了合同，招来的。他们都是柴沟堡的人。

老刘是个老长工，老光棍。他在张家口专区几个县都打过长工，年轻时年年到坝上割莜麦。因为打了多年长工，庄稼活他样样精通。他有过老婆，跑了，因为他养不活她。从此他就不再找女人，对女人很有成见，认为女人是个累赘。他就这样背着一卷行李——一块毡子、一床"盖窝"（即被）、一个方顶的枕头，到处漂流。看他捆行李的利索劲儿和背行李的姿势，就知道是一个常年出门在外的老长工。他真也是自由自在，也不置什么衣服，有两个钱全喝了。他不大爱说话，但有时也能说一气，在他高兴的时候，或者不高兴的时候。这两年他常发牢骚，原因之一，是喝不到酒。他老是说："这是咋搞的？咋搞的？"——"过去，七里茶坊，啥都有：驴肉、猪头肉、炖牛蹄子、茶鸡蛋……卖一黑夜。酒！现在！咋搞的！咋搞的！"——"'楼上楼下，电灯电话'！做梦娶媳妇，净慕好事！多会儿？"他年轻时曾给八路军送过信，带过路。"俺们那阵，有什么好吃的，都给八路军留着！早知这样，哼！……"他说的话常常出了圈，老乔就喝住他："你瞎说点啥！没喝酒，你就醉了！你是想'进去'住几天是怎么的？嘴上没个把门的，亏你活了这么大！"

小王也有些不平之气。他是念过高小的。他给自己编了一口顺口溜："高小毕业生，白费六年工。想去当教员，学生管我叫老兄。想去当会计，珠算又不通！"他现在一个月挣二十九块六毛四，要交社里一部分，刨去吃饭，所剩无几。他才二十五岁，对老刘那样的自由自在的生活并不羡慕。

老乔，所里多数人称之为乔师傅。这是个走南闯北、见多识广、老于世故的工人。他是怀来人。年轻时在天津学修理汽车。抗日战争时跑到大后方，在资源委员会的运输队当了司机，跑仰光、腊戌。抗战胜利后，他回张家口来开车，经常跑坝上各县。后来岁数大了，五十多了，血压高，不想再跑长途，他和农科所的所长是亲戚，所里新调来一辆拖拉机，他就来开拖拉机，顺便修修农业机械。他工资高，没负担。农科所附近一个小镇上有一家饭馆，他是常客。什么贵菜、新鲜菜，饭馆都给他留着。他血压高，还是爱喝酒。饭馆外面有一棵大槐树，夏天一地浓荫。他到休息日，喝了酒，就睡在树荫里。树荫在东，他睡在东面；树荫在西，他睡到西面，围着大树睡一圈！这是前两年的事了。现在，他也很少喝了。因为那个饭馆的酒提潮湿的时候很少了。他在昆明住过，我也在昆明待过七八年，因此他老愿意找我聊天，抽着榆叶烟在一起怀旧。他是个技工，淘粪不是他的事，但是他自愿报了名。冬天，没什么事，他要来玩两天。来就来吧。

这天，我们收工特别早，下了大雪，好大的雪啊！

这样的天，凡是爱喝酒的都应该喝两盅，可是上哪儿找酒去呢？

吃了莜面，看了一会儿书，坐了一会儿，想了一会儿心事，照例聊天。

像往常一样，总是老乔开头。因为想喝酒，他就谈起云南的酒。市酒、玫瑰重升、开远的杂果酒、杨林肥酒……

　　"肥酒？酒还有肥瘦？"老刘问。

　　"蒸酒的时候，上面吊着一大块肥肉，肥油一滴一滴地滴在酒里。这酒是碧绿的。"

　　"像你们怀来的青梅煮酒？"

　　"不像。那是烧酒，不是甜酒。"

　　过了一会儿，又说："有点像……"

　　接着，又谈起昆明的吃食。这老乔的记性真好，他可以从华山南路、正义路，一直到金碧路，数出一家一家大小饭馆，又岔到护国路和甬道街，哪一家有什么名菜，说得非常详细。他说到金钱片腿、牛干巴、锅贴乌鱼、过桥米线……

　　"一碗鸡汤，上面一层油，看起来连热气都没有，可是超过一百度。一盘子鸡片、腰片、肉片，都是生的。往鸡汤里一推，就熟了。"

　　"那就能熟了？"

　　"熟了！"

　　他又谈起汽锅鸡。描写了汽锅是什么样子，锅里不放水，全凭蒸汽把鸡蒸熟了，这鸡怎么嫩，汤怎么鲜……

老刘很注意地听着，可是怎么也想象不出这汽锅是啥样子，这道菜是啥滋味。

后来他又谈到昆明的菌子：牛肝菌、青头菌、鸡㙡①，把鸡㙡夸赞了又夸赞。

"鸡㙡？有咱这儿的口蘑好吃吗？"

"各是各的味儿。"

…………

老乔白话的时候，小王一直似听不听，躺着，张眼看着房顶。忽然，他问我：

"老汪，你一个月挣多少钱？"

我下放的时候，曾经有人劝告过我，最好不要告诉农民自己的工资数目，但是我跟小王认识不止一天了，我不想骗他，便老实说了。小王没有说话，还是张眼躺着。过了好一会儿，他看着房顶说：

"你也是一个人，我也是一个人，为什么你就挣那么多？"

他并没有要我回答，这问题也不好回答。

————————

① 是一种菌，长在白蚁窝上，味极腴美。

沉默了一会儿。

老刘说:"怨你爹没供你书。人家老汪是大学毕业!"

老乔是个人情练达的人,他捉摸出小王为什么这两天老是发呆,为什么会提出这样的问题,说:

"小王,你收到一封什么信,拿出来我看看!"

前天三套大车来拉粪冰的时候,给小王捎来一封寄到所里的信。

事情原来是这样的:小王搞了一个对象。这对象搞得稍微有点离奇:小王有个表姐,嫁到邻村李家。李家有个姑娘,和小王年貌相当,也是高小毕业。这表姐就想给小姑子和表弟撮合撮合,写信来让小王寄张照片去。照片寄到了,李家姑娘看了,不满意。恰好李家姑娘的一个同学陈家姑娘来串门,她看了照片,对小王的表姐说:"晓得人家要俺们不要?"表姐跟陈家姑娘要了一张照片,寄给小王,小王满意。后来表姐带了陈家姑娘到农科所来,两人当面相了一相,事情就算定了。农村的婚姻,往往就是这样简单,不像城里人有逛公园、轧马路、看电影、写情书这一套。

陈家姑娘的照片我们都见过,挺好看的,大眼睛,两条大辫子。

小王收到的信是表姐寄来的,催他办事。说人家姑

七里茶坊

娘一天一天大了，等不起。那意思是说，过了春节，再拖下去，恐怕就要吹。

小王发愁的是：春节他还办不成事！柴沟堡一带办喜事倒不尚铺张，但是一床里面三新的盖窝、一套花直贡呢的棉衣、一身灯芯绒裤袄、绒衣绒裤、皮鞋、球鞋、尼龙袜子……总是要有的。陈家姑娘没有额外提什么要求，只希望要一支金星牌钢笔。这条件提得不俗，小王倒因此很喜欢。小王已经做了长期的储备，可是算来算去还差五六十块钱。

老乔看完信，说：

"就这个事吗？值得把你愁得直眉瞪眼的！叫老汪给你拿二十，我给你拿二十！"

老刘说："我给你拿上十块！现在就给！"说着从红布肚兜里就摸出一张十元的新票子。

问题解决了，小王高兴了，活泼起来了。

于是接着瞎聊。

从云南的鸡枞聊到内蒙古的口蘑。说到口蘑，老刘可是个专家。黑片蘑、白蘑、鸡腿子、青腿子……

"过了正蓝旗，捡口蘑都是赶了个驴车去。一天能捡一车！"

不知怎么又说到独石口。老刘说他走过的地方没有比独石口再冷的了，那是个风窝。

"独石口我住过，冷！"老乔说，"那年我们在独石口吃了一洞子羊。"

"一洞子羊？"小王很有兴趣了。

"风太大了，公路边有一个涵洞，去避一会儿风吧。一看，涵洞里白糊糊的，都是羊。不知道是谁的羊，大概是被风赶到这里的，挤在涵洞里，全冻死了。这倒好，这是个天然冷藏库！俺们想吃，就进去拖一只，吃了整整一个冬天！"

老刘说："肥羊肉炖口蘑，那叫香！四家子的莜面，比白面还白。坝上是个好地方。"

话题转到了坝上。老乔、老刘轮流说，我和小王听着。

老乔说：坝上地广人稀，只要收一季莜麦，吃不完。过去山东人到口外打把式卖艺，不收钱。散了场子，拿一个大海碗挨家要莜面，"给！"一给就是一海碗。说坝上没果子。怀来人赶一个小驴车，装一车山里红到坝上，下来时驴车换成了三套大马车，车上满满地装的是莜面。坝上人都豪爽，大方。吃起肉来不是论斤，而是放开肚子吃。他说坝上人看见坝下人吃肉，一小碗，都奇怪："这吃个什么劲儿呢？"他说，他们要是看见江苏人、广东人炒菜：青菜加两三片肉，更会奇怪了。他还说坝上女人长得很好看。他说，都说水多的地方女人好看，坝上没水，怎么女人都长得白白净净？那么大风沙，皮色都很好。他说他在崇礼县看过两姐妹，长得像傅全香。

傅全香是谁，老刘、小王可都不知道。

老刘说：坝上地大，风大，雪大，雹子也大。他说有一年沽源下了一场大雪，西门外的雪跟城墙一般高。也是沽源，有一年下了一场雹子，有一个雹子有马大。

"有马大？那掉在头上不砸死了？"小王不相信有这样大的雹子！

老刘还说，坝上人养鸡，没鸡窝。白天开了门，把鸡放出去。鸡到处吃草籽，到处下蛋。他们也不每天去捡。隔十天半月，挑了一副筐，到处捡蛋，捡满了算。他说坝上的山都是一个一个馒头样的山包。山上没石头。有些山很奇怪，只长一样东西。有一个山叫韭菜山，一山都是韭菜；还有一座芍药山，夏天开了满满一山的芍药花……

老乔、老刘把坝上说得那样好，使小王和我都觉得这是个奇妙的、美丽的天地。

芍药山，满山芍药花，这是什么景象？

"咱们到韭菜山上掐两把韭菜，拿盐腌腌，明天蘸莜面吃吧。"小王说。

"见你的鬼！这会儿会有韭菜？满山大雪！——把钱收好了！"

聊天虽然有趣，终有意兴阑珊的时候。天已经很黑了，房顶上的雪一定已经堆了四五寸厚了，摊开被窝，我们该睡了。

正在这时，屋门开处，掌柜的领进三个人来。这三个人都反穿着白茬老羊皮袄，齐膝的毡疙瘩。为头是一个大高个儿，五十来岁，长方脸，戴一顶火红的狐皮帽。一个四十来岁，是个矮胖子，脸上有几颗很大的痘疤，戴一顶狗皮帽子。另一个是和小王岁数仿佛的后生，雪白的山羊头的帽子遮齐了眼睛，使他看起来像一个女孩子。——他脸色红润，眼睛太好看了！他们手里都拿着一根六道木二尺多长的短棍。虽然刚才在门外已经拍打了半天，帽子上、身上，还粘着不少雪花。

掌柜的说："给你们做饭？——带着面了吗？"

"带着哩。"

后生解开老羊皮袄，取出一口面口袋。——他把面口袋系在腰带上，怪不道他看起来身上鼓鼓囊囊的。

"推窝窝？"

高个儿把面口袋交给掌柜的：

"不吃莜面！一天吃莜面。你给俺们到老乡家换几个粑粑头吃。多时不吃粑粑头，想吃个粑粑头。把火弄得旺旺的，烧点水，俺们喝一口。——没酒？"

"没。"

"没咸菜？"

"没。"

"那就甜①吃！"

老刘小声跟我说："是坝上来的。坝上人管窝窝头叫粑粑头。是赶牲口的，——赶牛的。你看他们拿的六道木的棍子。"随即，他和这三个坝上人搭起来：

"今天一早从张北动的身？"

"是。——这天气！"

"就你们仨？"

"还有仨。"

"那仨呢？"

"在十多里外，两头牛掉进雪窟窿里了。他们仨在往上弄。俺们把其余的牛先送到食品公司屠宰场，到店

_____

① 张家口一带不说"淡"，说"甜"。

里等他们。"

"这样天气，你们还往下送牛？"

"没法子。快过年了。过年，怎么也得叫坝下人吃上一口肉！"

不大一会儿，掌柜的搞了粑粑头和几个腌蔓菁来。他们把粑粑头放在火里烧，水开了，把烧焦的粑粑头拍打拍打，就吃喝起来。

老乔就把我们的酱碗给他们送过去。

"你们那里今年年景咋样？"

"好！"高个儿回答得斩钉截铁。显然这是反话，因为痘疤脸和后生都扑哧一声笑了。

"不是说去年你们已经过了'黄河'了？"

"过了！那还不过！"

老乔知道他话里有话，就问：

"也是假的？"

"不假。搞了'标准田'。"

"啥叫'标准田'？"

"把几块地里打的粮算在一起。"

"其余的地？"

"不算产量。"

"坝上过'黄河'？不用什么'科学家'，我就知道，不行！"

老乔解释："老刘说得对。坝上的土层只有五寸，下面全是石头。坝上一向是广种薄收，要求单位面积产量，是主观主义。"

痘疤脸说："就是！俺们和公社的书记说，这产量是虚的。但人家说：有了虚的，就会带来实的。"

后生说："还说这是：以虚带实。"

我还从来没有听说过"以虚带实"是这样的解释的。

高个儿沉重地叹了一口气："这年月！当官的都说谎！"

老刘接口说："当官的说谎，老百姓遭殃！"

老乔把烟口袋递给他们：

"牲畜不错？"

"不错！也经不起胡糟践。头两年，大跃进，大炼钢铁，夜战，把牛牵到地里，杀了，在地头架起了大锅，大块大块地煮烂，大伙儿，吃！那会儿吃了个痛快；这会儿，想去吧！——他们仁咋还不来？去看看。"

高个儿说着又把老羊皮袄又系紧了。

痘疤脸说："我们俩去。你啦，就甭去了。"

"去！"

他们和掌柜的借了两根木杠，把我们车上的钢绳也借去了，拉开门，就走了。

听见后生在门外大声说："雪更大了！"

老刘起来解手，把地下三根六道木的棍子归在一起，上了炕，说：

"他们真辛苦！"

过了一会儿，又自言自语地说：

"咱们也很辛苦。"

老乔一面钻被窝，一面说：

"中国人都很辛苦啊！"

小王已经睡着了。

"过年，怎么也得叫坝下人吃上一口肉！"我老是想着大个儿的这句话，心里很感动，很久未能入睡。这是一句朴素、美丽的话。

半夜，朦朦胧胧地听到几个人轻手轻脚走进来，我睁开眼，问：

"牛弄上来了？"

高个儿轻轻地说：

"弄上来了。把你吵醒了！睡吧！"

他们睡在对面的炕上。

第二天，我们起得很晚。醒来时，这六个赶牛的坝上人已经走了。

一九八一年五月十一日写成

红旗牌轿车

袁大夫是剧团的正骨推拿大夫。京剧团总要有一个正骨大夫。演员，特别是武戏演员，在台上，在练功棚里，常常会扭了腰，闪了腿，甚至折了大筋。正骨大夫是必不可少的。袁大夫推拿正骨是家传，没有上过学。但是手艺（一个演员说过，他那不能算是医术，只能叫作"手艺"）是挺不错的。有一次一个演员演《金钱豹》，从三张桌上一个"台漫"翻下来，桌子有点晃，演员"恍了范"，落地时右脚五个脚趾头全踒了。当时搭到后台，"快请袁大夫！"袁大夫赶到（他是每有演出都在后台待着的），叫别人把演员的袜子脱了，说了声："爷们，忍着点！"咯吧咯吧咯

吧咯吧咯吧，登时就把演员的五个脚趾捋直了。演员当时就能下地行走。一般的小伤，对袁大夫说起来，不在话下。当然，像折了大筋，他也没有办法，只有送医院。

演员身上一般都有旧伤，即使没有闪失，腰腿也常酸痛。这就得求袁大夫拿拿，捏捏，搓搓，揉揉。因此医务所有袁大夫一间单独的诊室，诊室内外等候的人很多。谁都知道，袁大夫有个毛病：看人下菜碟。"角儿"来了，他用心按摩，精神内敛，掌下有力，有时触到要害，又酸又麻，觉得血脉畅通，舒服无比。给的膏药是加了麝香特制的止痛膏。"底帏子""打下串"的来了："躺下！"三下五除二，就完事了。给的膏药是一般的伤湿止痛膏。因此一般演员都跟他"套磁"，开口"哥们"，常给他送一条"外烟"，两瓶西凤。

袁大夫名气大了，时常出诊。他时常骑一辆三枪牌自行车走遍全城。

一次，他骑车过六部口，闯了红灯，交通警大喝一声："站住！"跳下岗亭，一把攥住他的自行车后座。

"你没长眼睛吗？红灯，你还闯！"

"我有急事。"

"急事？谁没急事！"

"我去给人看病，病人等着我。"

"你是哪个单位的？"

"剧团的。"

"剧团的？"

交通警抄了他的车号，说：

"把工作证、车留下，明天叫你们单位来取。"

"病人等着我哪！——我认罚。"

"认罚？十块！"

袁大夫掏出一张大团结，交通警划拉了一张收据，交给了他。

"走吧！"

袁大夫看了看交通警，交通警右眉下有一颗很大的瘊子。

"我记住你！"

袁大夫心里这窝火！

袁大夫名气越来越大，常有高级干部派车来接他去按摩。

这天他坐了一辆红旗牌轿车到一个部长家去按摩。

车到六部口，他在车里一看，交通岗岗亭上正是那个右眉下有一颗大黑瘊子的交通警。这时正是红灯。袁大夫叫司机："停！"他开了车门下车，问交通警：

“认得我吗？”

“——你呀！”

“混蛋！”

“你怎么骂人！”

他跳上车，叫司机：“开！”

红灯不能拦红旗车，红旗牌轿车吱的一声，风驰电掣而去。

报了一箭之仇，袁大夫靠在后座上，心里这舒坦就甭提了！

一九九三年八月二十二日

祁　茂　顺

祁茂顺在午门历史博物馆蹬三轮车。

他原先不是蹬车的，他有手艺：糊烧活，裱糊顶棚。

单件的烧活，接三轿马，一个人鼓捣一天，就能完活。祁茂顺在家里糊烧活。他家的门敞着，为的是做活有地方，也才豁亮。他在糊烧活的时候，总有一堆孩子围着看。糊得了，就在门外放着：一匹高头大白马——跟真马一样大，金鞍玉辔紫丝缰；拉着一辆花轱辘轿子车，蓝车帷，紫红软帘，软帘贴着金纸的团寿字。不但是孩子，就是路过的大人也要停步看看，而且连声赞叹："地道！祁茂顺心细手巧！"

如果是成堂的大活：三进大厅、亭台楼阁、花园假山……一个人忙不过来，就得约两三个同行一块干。订烧活的规矩，事前不付定钱，由承活的先凑出一份钱垫着，好买色纸、秫秸、金粉、银粉、鳔胶、浆糊。交活的时候再收钱，早先订烧活，都是老式的房屋家具，后来有要糊洋房的，要糊小汽车、摩托车、收音机、电风扇的……人家要什么，他们都能糊出来。后来订烧活的越来越少了，都兴火葬了，谁家还会弄了一堂"车船轿马"拉到八宝山去？

祁茂顺的主要的活就剩下裱糊顶棚了。后来糊顶棚的活也少了。北京的平房讲究"灰顶花砖地"。纸糊的顶棚很少见了——容易坏，而且招蟑螂，招耗子。钢筋水泥的楼房更没有谁家糊个纸顶棚的。

祁茂顺只好改行。

午门历史博物馆原来编制很小，没有几个职员，不知道为什么，却给馆长配备了一辆三轮车，用以代步。经人介绍，祁茂顺到历史博物馆来蹬三轮车。馆长姓韩。祁茂顺每天一早蹬车接韩馆长上班，中午送他回家吃饭，下午再接他到馆里，下班送他回家。韩馆长是个方正守法的人，除了上下班，到什么地方开会，平常不为私人的事用车，因此祁茂顺的工作很轻松。

祁茂顺很爱护这辆三轮车，总是擦洗得干干净净的。晚上把车蹬回家，锁上，不许院里的孩子蹬着玩。

不过街坊邻居有事求他，他总是有求必应的。

隔壁陈大妈来找祁茂顺。

"茂顺大哥，你大兄弟病了，高烧不退，想麻烦您送他上一趟医院，不知您的车这会儿得空不得空？"

"没事！交给我了！"

祁茂顺把病人送到医院。挂号、陪病人打针、领药，他全都包了。

祁茂顺人缘很好。

离祁茂顺家不远，住着一家姓金的。他是旗人皇室宗亲，是"世袭罔替"的贝勒，行四。旗人见面时还称他为"四贝勒"，街坊则称之为金四爷。辛亥革命以后，旗人再也不能吃皇粮了。旗人不治产业，不会种地，不会经商，不会手艺，坐吃山空，日渐穷困。"四贝勒"怎么生活呢？幸好他的古文底子很好，又学过中医，协和医学院典籍教研室知道他，特约他校点中医典籍，这样他就有了稳定的收入，吃麻酱面没有问题。他过过豪华的日子，再也不能摆贝勒的谱，有麻酱面也就知足——不过他吃一碟水疙瘩咸菜还得切得像头发丝那么细。

他中年丧偶，无儿无女，只有一个侄女帮他做做饭，洗洗衣裳。

贝勒府原是很大的四合院，后来大部分都卖给同仁堂乐家当了堆放药材的楼房，他只保留了三间北房。

三间北房，两个人，也够住的了。

金四爷还保留一些贝勒的习惯。他不爱"灰顶花砖地"，爱脚踩方砖，头上是纸顶棚，"四白落地"。

上个月下雨，顶棚漏湿了，垮下了一大片。金四爷找到了祁茂顺，说：

"茂顺，你给我把顶棚裱糊一下。"

祁茂顺说："行！星期天。"

祁茂顺星期天一早就来了，带了他的全套工具：棕刷子，棕笤帚，一盆稀稀的浆子，一大沓大白纸。这大白纸是纸铺里切好的，四方的，每一张都一样大小，不是要用时现裁。

金四爷看着祁茂顺做活。

只见他用棕刷子在大白纸蹭蹭两刷子，轻轻拈起来，用棕笤帚托着，腕子一使劲，大白纸就"吊"上了顶棚。棕笤帚抹两下，大白纸就在顶棚上待住了。一张一张大白纸压着韭菜叶宽的边，平平展展、方方正正、整整齐齐。拐弯抹角用的纸也都用眼睛量好了的，不宽不窄，正合适，棕笤帚一抹，连一点折子都没有。而且，用的大白纸正好够数，不多一张。也不少一张。连浆都正好使完，没有一点糟践。金四爷看着祁茂顺的"表演"，看得傻了，说："茂顺，你这两下子真不简单！眼睛、手里怎么能有那么准？"

"也就是个熟。"

"没有个三年五载，到不了这功夫！"

"那倒是。"

金贝勒给祁茂顺倒了一杯沏了两开的热茶。祁茂顺尝了一口："好茶！还是叶和元的双窨香片？"

"喝惯了。"

祁茂顺告辞。

"茂顺，别走，咱们到大酒缸喝两个去（大酒缸用的都是豆绿酒碗，一碗二两，叫作'一个'）。"

"大酒缸？现在上哪儿找大酒缸去？"

"八面槽不就有一家吗？他们的酥鱼做得好。"

"金四爷，您这可真是老皇历了！八面槽大酒缸早都没了。现在那儿改了门脸儿，卖手表照相机。酥鱼？可着北京，现在大概都找不出一碟酥鱼！"

"大酒缸没有了？"

"没有啰！"

金贝勒喝着茶，连说了几句：

"大酒缸没有了。大酒缸没有了。"

很难说得清他的话是什么意思。

安 乐 居

安乐居是一家小饭馆，挨着安乐林。

安乐林围墙上开了个月亮门，门头砖额上刻着三个经石峪体的大字，像那么回事。走进去，只有巴掌大的一块地方，有几十棵杨树。当中种了两棵丁香花，一棵白丁香，一棵紫丁香，这就是仅有的观赏植物了。这个林是没有什么逛头的，在林子里走一圈，五分钟就够了。附近一带养鸟的爱到这里来挂鸟。他们养的都是小鸟，红子居多，也有黄雀。大个的鸟，画眉、百灵是极少的。他们不像那些以养鸟为生活中第一大事的行家，照他们的说法是"瞎玩儿"。他们不养大鸟，觉得那太费事，"是它玩我，还是我玩它呀？"把鸟一挂，他们就蹲在地下说话儿，——也有自己带个马扎儿来坐着的。

这么一片小树林子，名声却不小，附近几条胡同都是依此命名的。安乐林头条、安乐林二条……这个小饭馆叫作安乐居，挺合适。

安乐居不卖米饭炒菜。主食是包子、花卷。每天卖得不少，一半是附近的居民买回去的。这家饭馆其实叫个小酒铺更合适些。到这儿来的喝酒比吃饭的多。这家的酒只有一毛三分一两的。北京人喝酒，大致可以分为几个层次：喝一毛三的是一个层次，喝二锅头的是一个层次，喝红粮大曲、华灯大曲乃至衡水老白干的是一个层次，喝八大名酒是高层次，喝茅台的是最高层次。安乐居的"酒座"大都是属于一毛三层次，即最低层次的。他们有时也喝二锅头，但对二锅头颇有意见，觉得还不如一毛三的。一毛三，他们喝"服"了，觉得喝起来"顺"。他们有人甚至觉得大曲的味道不能容忍。安乐居天热的时候也卖散啤酒。

酒菜不少。煮花生豆、炸花生豆。暴腌鸡子。拌粉皮。猪头肉，——单要耳朵也成，都是熟人了！猪蹄，偶有猪尾巴，一忽的工夫就卖完了。也有时卖烧鸡、酱鸭，切块。最受欢迎的是兔头。一个酱兔头，三四毛

鉴赏家

钱，至大也就是五毛多钱，喝二两酒，够了。——这还是一年多以前的事，现在如果还有兔头，也该涨价了。这些酒客们吃兔头是有一定章法的，先掰哪儿，后掰哪儿，最后磕开脑绷骨，把兔脑掏出来吃掉。没有抓起来乱啃的。吃得非常干净，连一丝肉都不剩。安乐居每年卖出的兔头真不老少。这个小饭馆大可另挂一块招牌：兔头酒家。

酒客进门，都有准时候。

头一个进来的总是老吕。安乐居十点才开门。一开门，老吕就进来。他总是坐在靠窗户一张桌子的东头的座位。一年三百六十五天，天天如此。这成了他的专座。他不是像一般人似的"垂足而坐"，而是一条腿盘着，一条腿曲着，像老太太坐炕似的踞坐在一张方凳上，——脱了鞋。他不喝安乐居的一毛三，总是自己带了酒来，用一个扁长的瓶子，一瓶子装三两。酒杯也是自备。他是喝慢酒的，三两酒从十点半一直喝到十二点差一刻："我喝不来急酒。有人结婚，他们闹酒，我就一口也不喝，——回家自己再喝！"一边喝酒，吃兔头，一边不住地抽关东烟。他的烟袋如果丢了，有人捡到，一定会送还给他的。谁都认得：这是老吕的。白铜锅儿，白铜嘴儿，紫铜杆儿。他抽烟也抽得慢条斯理的，从不大口猛吸。这人整个儿是个慢性子。说话也慢。他也爱说话，但是他说一个什么事都只是客观地叙述，不大参加自己的意见，不动感情。一块喝酒的买了兔头，常要发一点感慨："那会儿，兔头，五分钱一个，还带俩耳朵！"老吕说："那是多会儿？——说那个，没用！有兔头，就不错。"西头有一家姓屠的，一家子都很浑愣，爱打架。屠老头儿到永春饭馆去喝酒，和服务员吵起来了，伸手就揪人家脖领子。服务员一胳臂把他搡开了。他憋了一肚子气。回去跟儿子一说。他儿子二话没说，捡了块砖头，到了永春，一砖头就把服务员脑袋开了！结果：儿子抓进去了，屠老头还得负责人家的医药费。这件事老吕亲眼目睹。一块喝酒的问起，他详详细细叙述了全过程。坐在他对面的老聂听了，说：

"该！"

坐在里面犄角的老王说：

"这是什么买卖！"

老吕只是很平静地说："这回大概得老实两天。"

老吕在小红门一家木材厂下夜看门。每天骑车去，路上得走四十分钟。他想往近处挪挪，没有合适的地方，他说："算了！远就远点吧。"

他在木材厂喂了一条狗。他每天来喝酒，都带了一个塑料口袋，安乐居的顾客有吃剩的包子皮、碎骨头，他都捡起来，给狗带去。

头几天，有人要给他说一个后老伴，——他原先的老伴死了有两年多了。这事他的酒友都知道，知道他已经考虑了几天了，问起他："成了吗？"老吕说："——不说了。"他说的时候神情很轻松，好像解决了一个什么难题。他的酒友也替他感到轻松。他们几乎异口同声地说：

"不说了？——不说了好！添乱！"

老吕于是慢慢地喝酒，慢慢地抽烟。

比老吕稍晚进店的是老聂。老聂总是坐在老吕的对面。老聂有个小毛病，说话爱眨巴眼。凡是说话爱眨眼的人，脾气都比较急。他喝酒也快，不像老吕一口一口地抿。老聂每次喝一两半酒，多一口也不喝。有人强往他酒碗里倒一点，他拿起酒碗就倒在地下。他来了，搁下一个小提包，转身骑车就去"奔"酒菜去了。他"奔"来的酒菜大都是羊肝、沙肝。这是为他的猫"奔"的，——他当然也吃点。他喂着一只小猫。"这猫可仁义！我一回去，它就在你身上蹭——蹭！"他爱吃豆制品。熏干、鸡腿、麻辣丝……小葱下来的时候，他常常用铝饭盒装来一些小葱拌豆腐。有一回他装来整整两饭

安
乐
居

2
2
9

盒腌香椿。"来吧！"他招呼全店酒友。"你哪来这么多香椿？——这得不少钱！"——"没花钱！乡下的亲家带来的。我们家没人爱吃。"于是酒友们一人抓了一撮。剩下的，他都给了老吕。"吃完了，给我把饭盒带来！"一口把余酒喝净，退了杯，"回见！"出门上车，刺溜——没影儿了。

老聂原是做小买卖的。他在天津三不管卖过相当长时期炒肝。现在退休在家。电话局看中他家所在的"点"，想在他家安公用电话。他嫌钱少，麻烦。挨着他家的汽水厂工会愿意每月贴给他三十块钱，把厂里职工的电话包了。他还在犹豫。酒友们给他参谋："行了！电话局每月给钱，汽水厂三十，加上传电话、送电话，不少！坐在家里拿钱，哪儿找这么好的事去！"他一想：也是！

老聂的日子比过去"滋润"了，但是他每顿还是只喝一两半酒，多一口也不喝。

画家来了。画家风度翩翩，梳着长长的背发，永远一丝不乱。衣着入时而且合体。春秋天人造革猎服，冬天羽绒服。——他从来不戴帽子。这样的一表人才，安乐居少见。他在文化馆工作，算个知识分子，但对人很客气，彬彬有礼。他这喝酒真是别具一格：二两酒，一扬脖子，一口气，下去了。这种喝法，叫作"大车酒"，过去赶大车的这么喝。西直门外管这叫"骆驼酒"，赶骆驼的这么喝。文墨人，这样喝法的，少有。他和老王过去是街坊。喝了酒，总要走过去说几句话。"我给您添点儿？"老王摆摆手，画家直起身来，向在座的酒友又都点了点头，走了。

我问过老王和老聂："他的画怎么样？"

"没见过。"

上海老头来了。上海老头久住北京，但是口音未变。他的话很特别，在地道的上海话里往往掺杂一些北京语汇："没门儿！""敢情！"甚至用一些北京的歇后语："那么好！武大郎盘杠子——上下够不着！"他把这些北京语汇、歇后语一律上海话化了，北京字眼，上海语音，挺绝。上海老头家里挺不错，但是他爱在外面逛，在小酒馆喝酒。

"外面吃酒，——香！"

他从提包里摸出一个小饭盒，里面有一双截短了的筷子、多半块熏鱼、几只油爆虾、两块豆腐干。要了一两酒，用手纸擦擦筷子，吸了一口酒。

"您大概又是在别处已经喝了吧？"

"啊！我们吃酒格人，好比天上飞格一只鸟（读如

"屌"），格小酒馆，好比地上一棵树。鸟飞在天上，看到树，总要落一落格。"

如此妙喻，我未之前闻，真是长了见识！

这只鸟喝完酒，收好筷子，盖好米饭盒，拎起提包，要飞了：

"晏歇会！——明儿见！"

他走了，老王问我："他说什么？喝酒的都是屌？"

安乐居喝酒的都很有节制，很少有人喝过量的。也喝得很斯文，没有喝了酒胡咧咧的。只有一个人例外。这人是个瘸子，左腿短一截，走路时左脚跟着不了地，一晃一晃的。他自己说他原来是"勤行"——厨子，煎炒烹炸，南甜北咸，东辣西酸。说他能用两个鸡蛋打三碗汤，鸡蛋都得成片儿！但我没有再听到还有什么特别的手艺，好像他的绝技只是两个鸡蛋打三碗汤。以这样的手艺自豪，至多也只能是一个"二荤铺"的"二把刀"。——"二荤铺"不卖鸡鸭鱼，什么菜都只是"肉上找"，——炒肉丝、熘肉片、扒肉条……他现在在汽水厂当杂工，每天蹬平板三轮出去送汽水。这辆平板归他用，他就半公半私地拉一点生意。口袋里一有钱，就喝。外边喝了，回家还喝；家里喝了，外面还喝。有一回喝醉了，摔在黄土坑胡同口，脑袋碰在一块石头上，流了好些血。过两天，又来喝了。我问他："听说你摔了？"他把后脑勺伸过来，挺大一个口子。"唔！唔！"他不觉得这有什么丢脸，好像还挺光彩。他老婆早上在马路上扫街，挺好看的。有两个金牙，白天穿得挺讲究，色儿都是时兴的，走起路来扭腰拧胯，咳，挺是样儿。安乐居的熟人都替她惋惜："怎么嫁了这么个主儿！——她对瘸子还挺好！"有一回瘸子刚要了一两酒，他媳妇赶到安乐居来了，夺过他的酒碗，顺手就泼在了地上："走！"拽住瘸子就往外走，回头向喝酒的熟人解释："他在家里喝了三两了，出来又喝！"瘸子也不生气，也不发作，也不觉有什么难堪，乖乖地一摇一晃地家去了。

瘸子喝酒爱说。老是那一套，没人听他的。他一个人说。前言不搭后语，当中夹杂了很多"唔唔唔"：

"……宝三，宝善廷，唔唔唔，知道吗？宝三摔跤，唔唔唔。宝三的跤场在哪儿？知道吗？唔唔唔。大金牙、小金牙，唔唔唔。侯宝林。侯宝林是云里飞的徒弟，唔唔唔。《逍遥津》，'欺寡人'——'七挂人'，唔唔唔。干吗老是'七挂人'？'七挂人'，唔唔唔。天津人讲话：'嘛事你啦？'唔唔唔。二娃子，你可不咋着！唔唔唔……"

喝酒的对他这一套已经听惯了，他爱说让他说去吧！只有老聂有时给他两句：

"老是那一套，你贫不贫？有新鲜的没有？你对天桥熟，天桥四大名山，你知道吗？"

瘸子爱管闲事。有一回，在李村胡同里，一个市容检查员要罚一个卖花盆的款，他插进去了："你干吗罚他？他一个卖花盆的，又不脏，又没有气味，'污染'，他'污染'什么啦？罚了款，你们好多拿奖金？你想钱想疯了！卖花盆的，大老远地推一车花盆，不容易！"他对卖花盆的说："你走！有什么话叫他朝我说！"很奇怪，他跟人辩理的时候话说得很明快，也没有那么多"唔唔唔"。

第二天，有人问起，他又把这档事从头至尾学说了一遍，有声有色。

老聂说："瘸子，你这回算办了件人事！"

"我净办人事！"

喝了几口酒，又来了他那一套：

"宝三，宝善廷，知道吗？唔唔唔……"

老吕、老聂都说："又来了！这人，不经夸！"

"四大名山？"我问老王：

"天桥哪儿有个四大名山？"

"咳！四块石头。天桥过去真有那么一座小桥，——后来拆了。桥头一边有两块石头，这就叫'四大名山'。你要问老人们，这永定门一带景致多哩！这会儿都没有人知道了。"

老王养鸟，红子。他每天沿天坛根遛早，一手提一只鸟笼，有时还架着一只。他把架棍插在后脖领里。吃完早点，把鸟挂在安乐林，聊会天，大约十点三刻，到安乐居。他总是坐在把角靠墙的座位。把鸟笼放好，架棍插在老地方，打酒。除了有兔头，他一般不吃荤菜，或带一条黄瓜，或一个西红柿、一个橘子、一个苹果。老王话不多，但是有时打开话匣子，也能聊一气。

我跟他聊了几回，知道：

他原先是扛包的。

"我们这一行，不在三百六十行之内。三百六十行，没这一行！"

"你们这一行没有祖师爷？"

"没有！"

"有没有传授？"

"没有！不像给人搬家的，躺箱、立柜、八仙桌，桌子上还常带着茶壶茶碗自鸣钟，扛起来就走，不带磕着碰着一点的，那叫技术！我们这一行，有力气就行！"

"都扛什么？"

"什么都扛，主要是粮食。顶不好扛的是盐包，——包硬，支支楞楞的，硌。不随体。扛起来不得劲儿。扛包，扛个几天就会了。要说窍门，也有。一包粮食，一百多斤，搁在肩膀上，先得颤两下。一颤，哎，包跟人就合了槽了，合适了！扛熟了的，也能换换样儿。跟递包的一说：'您跟我立一个！'哎，立一个！"

"竖着扛？"

"竖着扛。您给我'搭'一个！"

"斜搭着？"

"斜搭着。"

"你们那会儿拿工资？计件？"

"不拿工资，也不是计件。有把头——"

"把头？把头不是都是坏人吗？封建把头嘛！"

"也不是！他自己也扛，扛得少点。把头接了一批活：'哥几个！就这一堆活，多会儿扛完了多会儿算。'每天晚半晌，先生结账，该多少多少钱。都一样。有临时有点事的，觉得身上不大合适的，半路地儿要走，您走！这一天没您的钱。"

"能混饱了？"

"能！那会儿吃得多！早晨起来，半斤猪头肉，一斤烙饼。中午，一样。每天每。晚半晌吃得少点。半斤饼，喝点稀的，喝一口酒。齐啦。——就怕下雨。赶上连阴天，惨啰：没活儿。怎么办呢，拿着面口袋，到一家熟粮店去：'掌柜的！''来啦！几斤？'告诉他几斤几斤，'接着！'没的说。赶天好了，拿了钱，赶紧给人家送回去。为人在世，讲信用：家里揭不开锅的时候，少！……

"……三年困难时期，可把我饿惨了。浑身都膀了。两条腿，棉花条。别说一百多斤，十来多斤，我也扛不动。我们家还有一辆自行车，凤凰牌，九成新。我妈跟我爸说：'卖了吧，给孩子来一顿！'丰泽园！我叫了三个扒肉条，喝了半斤酒，开了十五个馒头，——馒头二两一个，三斤！我妈直害怕：'别把孩子撑死了哇！'……"

"您现在每天还能吃……？"

"一斤粮食。"

"退休了？"

"早退了！——后来我们归了集体。干我们这行的，四十五就退休，没有过四十五的。现在扛包的也没有了，都改了传送带。"

老王现在每天夜晚在一个幼儿园看门。

"没事儿！扫扫院子，归置归置，下水道不通了，——通通！活动活动。老待着干吗呀，又没病！"

老王走道低着脑袋，上身微微往前倾，两腿叉得很开，步子慢而稳，还看得出有当年扛包的痕迹。

这天，安乐居来了三个小伙子：长头发、小胡子、大花衬衫、苹果牌牛仔裤、尖头高跟大盖鞋，变色眼镜。进门一看："嗨，有兔头！"——他们是冲着兔头来了。这三位要了十个兔头、三个猪蹄、一只鸭子、三盘包子，自己带来八瓶青岛啤酒，一边抽着"万宝乐"，一边吃喝起来。安乐林喝酒的老酒座都瞟了他们一眼。三位吃喝了一阵，把筷子一摔，走了。都骑的是亚马哈。嘟嘟嘟……桌子上一堆碎骨头、咬了一口的包子皮，还有一盘没动过的包子。

老王看着那盘包子，撇了撇嘴：

"这是什么买卖！"

这是老王的口头语。凡是他不以为然的事，就说"这是什么买卖！"

老王有两个鸟友，也是酒友。都是老街坊，原先在一个院里住。这二位现在都够万元户。

一个是佟秀轩，是裱字画的。按时下的价目，裱一个单条：14—16元。他每天总可以裱个五六幅。这两年，家家都又愿意挂两条字画了。尤其是退休老干部。他们收藏"时贤"字画，自己也爱写、爱画。写了、画了，还自己掏钱裱了送人。因此，佟秀轩应接不暇。他收了两个徒弟。托纸、上板、揭画，都是徒弟的事。他就管管配绫子，装轴。他每天早上遛鸟。遛完了，如果活儿忙，就把鸟挂在安乐林，请熟人看着，回家刷两刷子。到了十一点多钟，到安乐林摘了鸟笼子，到安乐居。他来了，往往要带一点家制的酒菜：炖吊子、烩鸭血、拌肚丝儿……佟秀轩穿得很整洁，尤其是脚下的两只鞋。他总是穿礼服呢花旗底的单鞋，圆口的或是双脸皮梁靸鞋。这种鞋只有右安门一家高台阶的个体户能做。这个个体户原来是内联升的师傅。

另一个是白薯大爷。他姓白，卖烤白薯。卖白薯的总有些邋遢，煤呀火呀的。白薯大爷出奇地干净。他个头很高大，两只圆圆的大眼睛，顾盼有神。他腰板绷直，甚至微微有点后仰，精神！蓝上衣，白套袖，腰系一条黑人造革的围裙，往白薯炉子后面一站，嘿！有个样儿！就说他的精神劲儿，让人相信他烤出来的白薯必定是栗子味儿的。白薯大爷卖烤白薯只卖一上午。天一亮，把白薯车子推出来，把鸟——红子，往安乐林一挂，自有熟人看着，他去卖他的白薯。到了十二点，收摊。想要吃白薯，明儿见啦您哪！摘了鸟笼，往安乐居。他喝酒不多。吃菜！他没有一颗牙了，上下牙床子光光的，但是什么都能吃，——除了铁蚕豆，吃什么都香。"烧鸡烂不烂？"——"烂！""来一只！"他买了一只鸡，撕巴撕巴，给老王来一块脯子，给酒友们让让："您来块？"别人都谢了，他一人把一只烧鸡一会儿的工夫全开了。"不赖，烂！"把鸡架子包起来，带回去熬白菜。"回见！"

这天，老王来了，坐着，桌上搁一瓶五星牌二锅头，看样子在等人。一会儿，佟秀轩来了，提着一瓶汾酒。

"走啊！"

"走！"

我问他们："不在这儿喝了？"

"白薯大爷请我们上他家去，来一顿！"

第二天，老王来了，我问：

"昨儿白薯大爷请你们吃什么好的了？"

"荞面条！——自己家里擀的。青椒！蒜！"

老吕、老聂一听：

"嘿！"

安乐居已经没有了。房子翻盖过了。现在那儿是一个什么贸易中心。

一九八六年七月五日晨写完

子孙万代

傅玉涛是"写字"的。"写字"就是给剧场写海报，给戏班抄本子。抄"总讲"（全剧），抄"单提"（分发给演员的，只有该演员所演角色的单独的唱词）。他的字写得不错，"欧底赵面"。时不常地，有人求他写一个单条，写一个扇面。后来，海报改成了彩印的，剧本大都油印了或打字了，他就到剧场卖票。日子还算混得过去。

他有个癖好，爱收藏小文物。他有一面葡萄海马镜，一个"长乐未央"瓦当，一块藕粉地鸡血石章，一块"都陵坑"田黄，一对赵子玉的蛐蛐罐，十几把扇子。齐白石、陈衡恪、姚茫父、王梦白、金北楼、王雪涛。最名贵的是一把吴昌硕画的，画的是枇杷，题句是"鸟疑金弹不敢啄"。他不养花，不养鸟，没事就是反反复复地欣赏他的藏品。这些小文物大都是花不多的钱从打小鼓的小赵手里买的。小赵和他是街坊，收到什么东西愿意让傅玉涛过过眼，小赵佩服傅玉涛，认为他懂行。傅玉涛也确实帮小赵鉴定过一些字画瓷器，使小赵卖了一个好价钱。

一天，小赵拿了一对核桃，请傅玉涛看看，能不能卖个块儿八毛的。傅玉涛接过来一看，用手掂了掂两颗核桃，说：

"哎呀，这可是好东西！两颗核桃的大小、分量、形状，完全一样，是天生的一对。这是'子孙万代'呀！"

"什么叫'子孙万代'？"

"这你都不懂，亏你还是个打小鼓的呢！你看，这核桃的疙瘩都是一个一个小葫芦。这就叫'子孙万代'。这是真'子孙万代'。"

"'子孙万代'还有真假之分？"

"真的葫芦是生成的，假'子孙万代'动过刀，有的葫芦是刻出来的。这对核桃可够年份了。大概已经经过两代人的手。没有个几十年，揉不出这样。你看看这颜色：红里透紫，紫里透红，晶莹发亮，乍一看，像是外面有一层水。这种色，是人的血气透进核桃所形成。好东西！好东西！——让给我吧！"

"傅先生喜欢，拿去玩吧。"

"得说个价。"

"咳，说什么价，我一毛钱收来的。"

"那，这么着吧，我给两块钱，算是占了你的大便宜了。"

"傅先生，您这是干什么！咱们是老街坊，我受过你的好处，一对核桃还过不着吗？"

傅玉涛掏出两块钱，塞进小赵的口袋。

"傅先生！傅先生！唉，这是怎么话说的！"

傅玉涛对这一对核桃真是爱如性命，他做了两个平绒小口袋，把两颗核桃分别装在里面，随身带着。一有空，就取出来看看，轻轻地揉两下，不多揉。这对核桃正是好时候，再多揉，就揉过了，那些小葫芦就会圆了，模糊了。

"文化大革命"。

红卫兵到傅玉涛家来"破四旧"，把他的小文物装进一个麻袋，呼啸而去。

四人帮垮台。

傅玉涛不再收藏文物，但是他还是爱逛地摊，逛古玩店。有时他想也许能遇到这对核桃。随即觉得这想法很可笑。这些年里，多少重要文物都毁了，这对核桃还能存在人间吗？

　　一天，他经过缸瓦市一个小古玩店，进去看了看。一看，他的眼睛亮了：他的那对核桃！核桃放在一个玛瑙碟子里。他掏出放大镜，隔着橱柜的玻璃细细地看看：没错！这对核桃他看的次数太多了，核桃上有多少个小葫芦他都数得出来。他问售货员："这对核桃是什么人卖的？"——"保密。"——"原先核桃有两个平绒小口袋装着的。"——"有。扔了。——你怎么知道？"——"小口袋是我缝的。"——"？"傅玉涛看了看标价：外汇券。这时进来了一个老外。老外东看看，西看看，看见这对核桃。

　　"这是什么？"

　　售货员答："核桃。"

　　"玉的？"

　　"不是玉的。就是核桃。"

　　"那为什么卖那么贵？"

　　售货员请傅玉涛给老外解释解释。

　　傅玉涛说：

"这不是普通的核桃，是山核桃。"

"山核桃？"

"这种核桃不是吃的，是揉的。"

"揉的？"

傅玉涛叫售货员把玻璃柜打开。傅玉涛把两颗核桃拿在手里，熟练地揉了几圈。

"这样。"

"揉？有什么好处？"

"舒筋活血。"

"舒，筋，活，血？"

"您看这核桃的色，红里透紫，紫里透红，这是人的血气透进了核桃。"

"血——气？"

"把核桃揉成这样，得好几十年。"

"好几十年？"

"两代人。"

"两代人，揉一对核桃？"

"Yes！"

"这对核桃，有一个名堂，叫'子孙万代'。"

"子孙万代？"

"您看这一个一个小疙瘩，都是小葫芦。"傅玉涛把放大镜给老外，老外使劲地看。

"是雕刻的？"

"No，是天生的。"

"天生的？噢，上帝！"

"这样的核桃，全中国，您找不出第二对。"

"我买了！"

老外付了钱，对傅玉涛说：

"Thank You，——谢谢你！"

老外拿了这对子孙万代核桃，一路上嘟哝：

"子，孙，万，代！子孙万代！"

傅玉涛回家，炒了一个麻豆腐，喝了二两酒，用筷子敲着碗也唱了一句西皮慢三眼：

"我好比笼中鸟有翅难展……"

一九九三年八月二十七日